遇见西湖·遇见爱

金影 著

ZHEJIANG UNIVERSITY PRESS
浙江大学出版社
·杭州·

图书在版编目（CIP）数据

遇见西湖：遇见爱：汉英对照 / 金影著. —杭州：
浙江大学出版社, 2023.6
ISBN 978-7-308-23192-3

Ⅰ. ①遇… Ⅱ. ①金… Ⅲ. ①诗集—中国—当代—
汉、英②随笔—作品集—中国—当代—汉、英 Ⅳ.
①I217.2

中国版本图书馆CIP数据核字(2022)第196692号

遇见西湖 · 遇见爱
金　影　著

策划编辑　吴伟伟
责任编辑　杨　茜
责任校对　曲　静
封面设计　VIOLET
出版发行　浙江大学出版社
（杭州市天目山路148号　邮政编码：310007）
（网址：http://www.zjupress.com）
排　　版　浙江时代出版服务有限公司
印　　刷　杭州宏雅印刷有限公司
开　　本　880mm × 1230mm　1/32
印　　张　11.625
字　　数　194千
版 印 次　2023年6月第1版　2023年6月第1次印刷
书　　号　ISBN 978-7-308-23192-3
定　　价　88.00元

推荐序

我读《遇见西湖·遇见爱》

20 世纪 90 年代初期，浙江人民广播电台领导在改革开放的浪潮中，思想也得到极大的开放。为了增加电台的经济收入，电台各部门的每档节目都实行个人承包制，每年上交台里一定数量的广告经费，人人拉广告。

当年我在电台文艺部文学组，分管长篇小说连播工作，这档节目每年要给电台创收 12 万元。那时我已年过 50 岁，要完成这样的任务，心里的压力可想而知。为了完成任务，我求助全国各地的文朋诗友，请他们给我介绍有实力做广告的企业。我像没头苍蝇一样，到处乱飞，四处碰壁。这时，刚参加工作的金影在电台文艺部音乐组主持《浙江新闻联播》

后的节目《午间音乐》，得知我遭遇广告赞助困境时，热情地提出，帮我去她的家乡桐乡市郊拉广告。

我记得那是 1994 年的秋天，金影利用她的轮休时间，同我一起乘公交汽车来到嘉兴桐乡市郊。当时新兴的乡镇企业都在乡村，然而村与村之间却没有平整的公路，也没有汽车相通。金影想法子借了一辆人高马大者才能骑得动的自行车。因我不会骑车，她便让我坐在自行车的后座上，载着我飞奔在乡间的田埂小路上。经过两天的奔波，终于拉到两个乡镇企业做广告，其中有一家的广告坚持做了半年。

金影的热情帮助，不仅解决了我承包节目拉广告费的燃眉之急，而且为浙江电台的创收做出了贡献，得到台领导的称赞。

根据金影主持音乐节目的表现和工作能力，不久，她又被省电视台招聘去主持节目，成了我小女儿董颖的同事。后来，由于各忙各的事，而且我也提前两年退休，在家整理我的《董培伦爱情诗选》，同金影失去了联系。

岁月如梭，一眨眼，20 多年过去了。2020 年 4 月的一天，我喜出望外地接到金影从宁波打来的电话。她向我诉说了这 20 多年的生活、工作与情感经历，真是百转千回、一言难尽。暂别杭州三年后，她决定回杭定居，并提出想要同我交流诗歌创作的有关问题。

当时，我正忙于编选西子湖诗社专发爱情诗的《湖畔诗刊》，得知她也在写诗，我便向她约稿。第二天她从微信向我发来她的一组爱情诗。我一一拜读后，发现她的诗歌有自己的个性特点，于是邀请她参加我们的西子湖诗社。她表示，近期正在整理个人诗集，打算出版。当时我还以为是玩笑，没太留心。不到一年时间，她的作品得到诗友们的充分认可与欣赏。年后，也就是《遇见西湖·遇见爱》准备出版前，她将整理好的诗稿发给我，征求我的意见。突如其来的“饕餮大餐”，着实像一份新年大礼，令我大吃一惊。

通读全诗，我发现金影的诗歌有如下三个特点。

第一，抒发真情实感，直抵读者心窝。

直抒胸臆，以情动人。这是古今中外诗人在诗歌创作中惯用的重要表情法。在中国古代，有一首汉魏时代流传下来的民歌《上邪》是这样写的：“上邪！我欲与君相知，长命无绝衰。山无棱，江水为竭，冬雷震震，夏雨雪，天地合，乃敢与君绝！”这一气呵成的小诗，表达了女主人公对天发誓、对爱情坚贞不渝的感人情怀。其表情法就是直抒胸臆。这一表情的基石，就是建立在真情实感上。

金影不少诗篇就是写她的个人经历，这是个人生命的体验，从心灵深处迸发出的真情实感，是有感而发。像短诗《穿越》《网梦》《也许》《如果》等，都是直抒胸臆的较好诗作。在《如果》一诗中，作者对爱的表白，没有过多的修饰词语，只有质朴无华的诗语，却把心中的挚爱和盘托出，如涌流的江河、拍岸的浪涛，直抵读者心窝。

在《我要与你相见》一诗中，主人公以直抒胸臆的手法，表达了急于会见心上人的迫切心情。全诗三小节，每节六行，一共18句，可谓短小精悍。但是，其感情的表达却似高山飞瀑，飞流直下，具有摇撼人心的力量。最后一小节这样写道："趁七夕到来之前 / 我要与你相见 / 即使跨过九江八河 / 即使翻越千岭万山 / 我也要扑进你的怀抱 / 因为相见胜过说爱千遍。"

第二，在抒情中寓理，给人以哲理的启迪。

"唐诗重情，略显轻浅；宋诗重礼，味同嚼蜡。情中寓理，方为上品。"

不知金影是否深谙此道，但在她的一些诗作中，有意或无意地显露出哲理的意味，给人以哲理的思考与启迪。且不说诗集中那些短小、精练的生活经验的总结与智慧的结晶"金影悟语"，就诗集中的不少诗篇，也是情中寓理的生动写照。请看《以宠爱之名》一诗，开头就劈门见山："旅行 / 在乎沿途的风景 / 更在乎同行的人 / 不然 / 再好的目的地 / 再好

的风景 / 都不解 / 看风景的人。”

再如《灵隐修佛》《叩仙》《夜》《恋人》等诗篇，在抒情中透露出或浓或淡的哲理意味。而在《有时候》这首诗中，作者以绕口令的方式，运用“过去进行时、现在进行时、将来进行时”三个时态，叨念着“那时候”“有时候”“这时候”，探讨了男女之间，从一见钟情时“你忘却了你，我忘却了我”，婚恋时“我即是你，你即是我”，再到一拍两散、各自相安后“你依然是你，我依然是我”的情爱过程，深含人生哲理。

第三，具有古典诗词韵味，读来如行云流水。

一位诗作者文化素养的高低，特别是古典诗词的修养水平，决定了他在诗路上能走多远。传承古典诗词的素质是多方面的。传承其中的韵律美，就是一个不可缺失的重要方面。

韵律美就是音乐美。古人云:“韵是一扇门，分开诗与文。”押韵的是诗，不押韵的是文。从形式上讲，韵就是诗与散文的分水岭。当然，押韵的不一定是“诗”，但诗，必须押韵！百年以来的新诗，也叫自由诗，对于要不要押韵一直争论不休。有人以艾青在 20 世纪 30 年代曾提倡过“诗的散文美”一文为根据，让口水化、散文化在新诗坛上大行其道，让诗的形式遭到彻底的破坏。殊不知，艾青晚年写的诗也大致押韵，回归了古典诗词的优良传统。

更有甚者，从 20 世纪 90 年代开始，一些刚刚起步写新诗的青年人，竟大言不惭地互相推广写现代汉语诗歌的诀窍：“我们写现代汉语诗，就是以翻译诗的言说形式，作为学习模仿的典范。”他们哪里知道，欧美诗歌古往今来都是押韵的。一些翻译家，只能翻译一首诗的大体意思，而很少考虑韵律。我们一些天真的“受骗上当者”，至今不悟，依然在写翻译诗一样的现代汉语诗，把新诗引向低谷。真是可悲可叹！

所幸，金影的诗歌创作，没有沾染上这些诟病与恶习。她一直坚持走自己认准的路，传承古典诗词的韵律美，让自己的诗歌大体押韵，读来如行云流水。

具有这一特点的诗篇，除了我在前面提到的数首之外，在此，我想只要举一首《弹罢钢琴》的短诗，就足以证明金影的诗传承了古典诗词的韵味，给读者带来阅读的美感——“弹罢钢琴独上楼 / 思绪零落散一地闲愁 / 远虑近忧秋尽离人薄凉透 / 唯见庭前青松枝一对蝉壳空留 / 分明黄花碧叶青未了 / 更堪东风不留西风更著愁 / 凝眸易来难去无端上心头”，“不禁有情当落日无心怎熔金 / 高山流水遇知音不敌 / 一语惊醒桃花梦凤凰枝头悔薄情 / 梦猝醒咸泉扑簌泪分明 / 尔今言已尽青黄不接覆空径”，“轻声叹惊风木叶终伤别 / 心路远欲话难多情自古情多偏 / 意和念之间 / 西风吹面自成寒 / 寻思起清泪收微抬头月如钩”。真是“一切景语皆情语”，这也是金影崇尚的、最肺腑的诗观。

金影酷爱音乐，借弹奏钢琴抒发情感也是她多年养成的习惯。她“弹罢钢琴”之前，到底弹奏了什么曲目，是《女儿情》还是《化蝶》？我们不得而知，但从这首诗的文本来看，其中包含着深刻的含义。这首用意识流手法写成的小诗，抒发了作者在爱情生活中的无奈困境和极其复杂的远虑近忧的心理活动。此诗是抒情的，也是寓理的，更是具有古典诗词韵味的。读后，我们不仅看到主人公既纠结又忧伤的情怀与孤寂的背影，而且仿佛能看到李后主李煜和李清照的身影。

金影已过不惑之年，正逢人生的鼎盛时期。这也正是一位诗人创作的黄金时期。我衷心地希望金影不负人生的青春韵华，精进修行，厚积薄发，写出更多更好的作品！我期待着……

董培伦

中国诗歌学会理事、西子湖诗社社长

2021 年 5 月 25 日上午 11 时于杭州

自序

西湖·遇见·爱

At West Lake, An Encounter of Love

杭州，所幸遇见。

Hangzhou, how fortunate to have met you.

所幸遇见湖光之美，山色若蛾黛般宁静、平和、繁荣、瑰丽。

It is a pleasure to experience the beautiful scenery here — the sublime lakes and the lush mountains, bringing tranquility, peace, prosperity, and grandeur to people.

西湖，有灵秀、有气韵、有逸动、有质感：有才子的风雅，有诗词的清丽，有官仕的气度，有商贾的睿智，亦有佳人的婉约、柔美、知性，可谓人神共赏、凡仙向往的生活栖息之地，华贵典雅之城。

The West Lake embodies elegance, charm, vitality, and good sentiments. It induces inspirations to the literary pursuits of learned scholars, gives rise to beautiful poetry, accommodates the pride and dignity of officials, motivates the wisdom of merchants, and brings to mind the elegance, grace, and intelligence of a beautiful lady. It is such a wonderful place blessed by gods and beloved by people. Embracing the West Lake, Hangzhou is also a vibrant and elegant city and an ideal destination sought after by both worldly and heavenly beings.

自不必细数，杭城的自然风光与人文景观，借以短叹长吁、温婉流转、意之所指、念有所盼、爱之所向、情之所钟……处处皆乃神奇造化。故《武林旧事》曰：

Without going into too much detail, Hangzhou's

natural scenery and cultural landscape are full of wonders, evoking sighs of admiration and tenderness. It is a city people long for, dream about, love and show great affection for... Everywhere, one can encounter a marvel of nature. Therefore, as the saying goes in the book *Ancient Mmatters from Wulin Garden,*

"西湖天下景，朝昏晴雨，四序总宜；杭人亦无时而不游，而春游特盛焉。" 怎奈一"游"字，不足以诠释她那具象的销魂之美？于是乎，诗、词、歌、赋，千百年来欲穷尽于斯，却亦无穷而无尽焉！

"The scenery of the West Lake takes varied expressions in all seasons, even between the morning and evening, and differs on rainy and sunny days. In Hangzhou, people never get tired of visiting the West Lake, especially during the spring." However, just a chance visit is never enough to fully capture its alluring beauty. That is why there have been countless poetry, lyrics, songs, and odes dedicated to the West Lake over the past thousands of years, but the infinite charm of this place is never exhausted!

西湖杭城，更素有南宋遗风，千年更迭绵延流转，光阴不输天上人间，即便是赏玩于此，亦玩出个极致——应景的移步换景、触景生情、情景交融、寓景于情、境象万千之情来、气来、运来，而终汇至心境来。故而，久住的人钟爱此城，新来的客亦流连忘返，此乃太平盛世里，养颐之福，可得永年。幸甚之至哉！无不体现新兴时代变革与发展中，人民对美好生活的热爱与向往。

Hangzhou, the home of the West Lake, have has carried forward the heritage of the Southern Song Dynasty (1127—1279) over the past thousand years. As the time flies by, the world has been through constant changes, but the city has always boasted heavenly scenery. For a leisurely visit, the wonderful nature features are in abundance here. There're different things to see at every step, inspiring emotions and alleviation. The diverse scenery carries rich cultural and historical contexts, bringing to mind passion, sentiment and a sense of elevation. Therefore, local residents love this city more and more even years later, and new visitors also linger on in no hurry to go back home. This is the blessing of living in a peaceful era. People can enjoy the prosperity and good environment. It is indeed fortunate! As the tide of the times flows on, people's yearning for a better life can be better satisfied with the emerging social changes and development.

因为爱，所以遇见；因为向往，所以重逢。若说三生有幸，正为今生你我的相会。原来冥冥真如我愿：人生际遇种种，相信所有的幸会都是久别的重逢。

Because of love, I come to meet you; because of yearning, I come to get reunited with you. If I can say that I am a lucky person, it is precisely because of my encounter with you. It turns out that the fate is working in my favor: all the ups and downs in my life is to prepare me for the happiness of our encounter and reunion.

人生，是一趟不归的旅程。旅行，在乎沿途的风景，更在乎同行的人……心情，是最慰藉感人的一剂良药。药在于己。不然，再好的风景也不解看风景的人。

Life is a journey that goes only in one way. Traveling is not just to experience the scenery, but more about the companionship along the way. A happy mood is the most comforting remedymedicine, and this is something we can control ourselves. Otherwise, even the most beautiful scenery won't be able to heal people just by itself.

碧波荡漾柳含烟，苏堤春晓桃绽颜，断桥残雪凝眸处，一叶兰舟拥湖眠。抬眼望天，星辰里有爱，回眸临水，柔波里有诗。

The emerald waves glisten as the willows sway. On Sudi Causeway, spring blooms in bright array. Where snowdrifts cling to Broken Bridge’s pillars still, a lone boat sleeps upon the tranquil rill. Gazing up to the stars above and you’ll find love. Looking back to the rippling waves, poems come to my mind.

愿你如春桃般初绽，似夏荷般清丽，若秋桂般金灿，犹冬梅般俏艳……犹如真真正正眷爱你的人，倾其所有，情不知所起，一往而深。

May you prosper like the peach in fullest bloom during springtime. May you be pure as summer lotus fair. May your life shine like golden sweet osmanthus in autumn. And may you be strong even in tough times as the plum flourishing in winter. To love and give all your best, be true and steadfast as love knows no end. Love is of source unknown, yet it grows even deeper.

山湖故友重逢，世纪新塘再现。

Mountains, rivers and lakes bear witness to countless encounters and reunions. Centuries later, a brand-new era is emerging for the historical Hangzhou city.

想和你，从春花秋月，到夏荷冬雪；赏三秋桂子，邀万年婵娟。约圈内好友，凭栏远眺，极目钱塘西子，忆往昔岁月。冶来朝情怀，把酒问天，品茗畅思。三潭印月映辉清，万松书院同窗深。金玉良缘无语凭，形影相随伴今生。

I want to be with you,

To see the spring flowers, summer lotus,autumn moon and winter snow,

To enjoy the fragrant osmanthus in autumn;

And to indulge in the eternal beauty of the moon.

Gather our friends and gaze into the distance,

See the West Lake in its splendor,

Recall the past and learn to cherish the present.

Toast to the heavens and savor the tea,

The Tree Pools Mirroring the Moon is crystal clear,

Deep classmate bonds are forged at the Wansong Academy.

Our precious love needs no words to express,

We'll be together for this lifetime, and the next.

然

世外桃源终是梦

红尘深处念佳人

But alas,

The utopia is nothing but a dream

In the mundane world, I think of my beloved

你可知

我一直守在红尘深处

脉脉等你归来

Do you know

That I have been right here

Waiting for you all along?

爱 是我生命的主题曲

念你 是永远的旋律

Love is the theme song of my life

Thinking of you is the eternal melody

我将一腔心意托付笔端

我将一世柔情植入文字

让爱

让爱

永远 永远，永永远远

徜徉在诗意的梦里水乡

I pour all my love to the tip of my pen

Soft feelings planted into my words for eternity

Let love

So that love

Go on forever and ever

Wandering in a poetic dream of a water town.

若不是

万丈红尘中遇见最初的你

若不是

光阴荏苒里镌刻过往的我

共赴一场美好的例外与偏爱

If it were not for

Meeting the kernel of yourself in the world of mortals

If it were not for

Experiencing my growth over the passing years

We won't be blessed with this wonderful chance encounter

祈愿

愿世界无纷扰、人间都美好；时光能善待、岁月可留居；万物皆澄朗、人间尽喜剧。

I pray

May the world be free of troubles, and the world be peaceful; may time be kind to us and leave us good memories; may all creatures great and small, be all pure and wonderful.

这里有童真、这里有母爱；这里有良善、这里有仁心。

Here, you’ll find innocence and motherly love; here, you’ll find kindness and benevolence.

阅人阅己、悦人悦己，人生如书，不倚厚重，不妄自菲薄。此书谨献给从职场女性到全职母亲，变换人生角色，也曾遭遇困惑、有过迷茫、历经挫折，依然热爱生命、讴歌真情、向往美好生活的我们。

Take people as a mirror is to better know myself. Life is like a book, and as the writer and reader, we should not be neither arrogant nor self-deprecating.

This book is dedicated to all the women who have experienced changes going from working to being full-time housewives. There may be confusion, uncertainty, and setbacks. But they still remain passionate about life, dedicate their love to the world, and work hard in pursuit for a better life.

顺颂时祺，唯愿美好。

My best wishes, may all be well.

金影

于杭州西湖

At West Lake, Hangzhou

2021 年 11 月 9 日

November 9, 2021

目　录

Contents

念　旧

吟　新

散　文

中英文诗

友　评

念旧

【金影悟语】

深秋，历经多少个日夜……推翻、重来、沟通……重来、否定、重来……历经一笔一画自己设计的《湖畔诗刊》首刊封面，贴合完美。感谢每一瞬间的灵感来源。

望春风

流芳静逐春夏老
晚来偏爱秋光好
叶瑟斑斓正窈窕
梅雪殷殷萌春朝

【金影悟语】

达观的现世新境界：平生无所求，唯一恋脱俗。

西湖 · 春分

江南春色数第一

半幕烟熏总凄迷

桃杏醉倚烟柳巷

画桥入眼无东西

2018 年 3 月 21 日

于太守名府

【金影悟语】

不问是是非非，但求真真切切。

西湖春见

城春草木深
湖青易恣情
桃柳脉脉许
不复枉此生

【金影悟语】

初衣胜雪迎春早，唤醒沉睡迟暮人。

柳莺春早

翠枝裸树莺雀闹

新雨酥酥滋枯草

红粉佳人嫣然笑

自是东风送春早

【金影悟语】

岁月，从未放过刀刀道道的肌理皱纹。

清　明

清明时节祭祖坟
行将路上车挤人
试问清静何处有
祖宗笑看现世人

【金影悟语】

思念无涯，情竟成痴。

惜梨花

三月梨花应寂寞
冰肌玉骨亦蹉跎
莫道儿女伤春事
新泪哪顾卿命薄

【金影悟语】

这世上最不缺的是爱恨一瞬即逝，当你感受到爱意痴痴、幸福傻傻时，不经意忽略，恰恰辜负，赶不上有趣的灵魂。

端 午

适值端午催盛夏
绣球杨梅青瓷插
啜茶惊看藤蔓引
谁让秋千与黄瓜

2018 年 6 月 16 日
于太守名府

【金影悟语】

与君初相识，犹似故人知。倾慕你才气纵横，喜欢你气势磅礴。

——忆苏东坡

遇见 · 苏堤

今桃红柳绿

明相伴相依

看风生水起

沐西子烟雨

【金影悟语】

你若懂我，我依然执着；你猜不透我，我依然迷惑——你是我今生不轻易的承诺。

曲院风荷

惠风识得佳人面

清露未得伊人心

风雨若懂藕性情

相思如荷绝芳尘

【金影悟语】

极度自信之人往往极度自卑，他只是把脆弱紧裹了。

满陇桂语

十里洋场十里花

笑得最晚当属她

步摇金阶尊为贵

守得寂寞向芳华

绝代风华

众香凋落芳华

荷后退位封她

满城步摇金花

倾国亲民赏夸

【金影悟语】

夏至既临，夜将长矣。物极必反，愁将复生矣。

西子 · 夏至

一笼烟雨煮湖光
半榻碧玉映朝阳
浓睡消得炎夏梦
梅杏桃李说短长

【金影悟语】

等闲且与春风住，西子湖畔好归宿，终了此生不辜负。

西子千寻

愿作天涯花草客
金风沐叶锦色和
光阴三寸偏容我
花事未了起平仄

【金影悟语】

那时迷离，过后曾经。

别太守府

五月梅雨影孤独
景明驱车生离苦
姚江亲友若相问
一片痴情错在吾

【金影悟语】

迎着热风，我在夏声里找寻秋痕，蓦然才觉你是我今生擦肩而过的金影。

岁月流金

陈情旧事心头绕
晚来偏安江湖小
祥瑞嘉年影自娇
岁月流金任逍遥

【金影悟语】

在喜剧的世界里，如蜜般生活，才尽；在岁月的忧伤里苟且，写不尽才华。

路 上

蝶舞迎风好

修枝剪叶娘

小女尚初长

骄人不失狂

2012 年 5 月

【金影悟语】

脱俗不像洗衣机脱水般轻易，既然无法抗拒诱惑，不如干脆俗活其中。

大　爱

金瓯隔遥夜

莫问爱何见

普世相照拂

无仇亦无怨

【金影悟语】

光阴光影，浮光掠影，日出日落，朝日夕落。

闲　趣

庭院西北红粉迟
剪得春花三两枝
含羞入厅添雅致
史君笑我如花痴

【金影悟语】

在友情面前，我往往挥霍了自己、丰富了他人。旅行于我，如另一段人生。

云上心寄

佳人总爱妆楼
甜品怎解新愁
明朝一叶扁舟
沉沦孤旅尽头

【金影悟语】

以你的单纯想象这世界的单纯，那么你的世界是单纯的。以你的复杂想象这个世界的复杂，那么你的世界会相当复杂。

愁难消

时光总是催人老
往事如烟景难描
生命若是不相扰
万古离愁几时消

【金影悟语】

女人，请不要因为你的苦楚，而去找你所谓的幸福。不因苦楚，谋求幸福。

孤 影

两散无回首

别岸一扁舟

孤影独空落

叹夫复何求

【金影悟语】

了不起的盖茨比，浪漫、温情的绅士，一阕华丽的挽歌。当下还有盖茨比一样的男神吗？相信那盏灯，相信希望！

金 影

我因人妒天不妒

影如其金终不负

荣华富贵皆眷顾

越过屏障是坦途

【金影悟语】

哪一天，我寄枯蓬给你，请不要讶异，因为那是一岁的相思与欢喜。

相思如荷

惠风识得佳人面
清露未得莲子心
风雨若懂藕性情
相思如荷寄枯蓬

2020 年 9 月 19 日
于天鹅堡

【金影悟语】

伤春悲秋大可不必，昙花一现即是一生。

望优昙

修缘莫觉人生浅

最爱优昙此瞬间

起舞清影犹自若

不叹悲喜不沾嫌

【金影悟语】

春半夏半风半雨半，小小圆满，陌上花开，徐徐归来，遂许漫漫淡远美好心愿。

小　满

农耕作业未成熟
清和新茶已沏壶
顺手抹去陈霉腐
学得春蚕将丝吐
翠珠含烟如画图
远山近水小满煮
普世疫苗驱瘟毒
乍晴乍雨人惜福

【金影悟语】

思念不似洪流，胜似金色晚秋。君必能以秋光照人，君必能以冬雪化人。

晚　秋

百里红妆千里秋
花间堂上常含羞
鎏金幻影鲜衣皱
一任凛雨掩风流

【金影悟语】

爱情与婚姻的错位在于：女人总是把男人当成生命中的唯一；而男人往往只是把女人当作其一。

浅　情

浅情得来总觉真

恍然感念始忆深

若知红尘身是客

何必当初怨纷纷

2021 年 1 月 26 日

【金影悟语】

离索愁，生别绪，万般风情皆无趣。

海 韵

椰风慵凉绕芳楼

凭栏远望群山柔

碧波万顷思无尽

天涯明月我独愁

2022 年大年初八晨

草码于三亚亚龙湾

【金影悟语】

在物质饱和的世界里，我是如此精神侘寂地活着。

疫　趣

时逢低处多疫灾

万贯钱财封家宅

休问自由何时开

百年禁足不复来

【金影悟语】

这是一本可以和朗诵家、作者跟读共鸣的有声诗集。

梁 祝

西湖山水忆曾经

断桥无言诉生平

初荷七月还梦境

百爱千悲重晚晴

【金影悟语】

情深且明慧，误来人世梦里归。

清欢况味

风雅贤淑无从寄

才情总负相思意

神魂颠倒两迷离

清欢况味同梦呓

2021 年 4 月 15 日

【金影悟语】

起句漂亮、落笔惊艳，纤手巧弄、洗汰切炒、蒸焖煮烹，菜亦成诗亦成文。

杭帮菜系

东风梳柳不着痕
四月湖山遍是春
清媚巧对新妆照
心头澹波漾千层

【金影悟语】

我用尽一生的浪漫，只愿与你四季分享，每年每月每天每时每刻每分每秒。

金影爱君

人间情为金

名利皆是影

大千寻真爱

回首恰逢君

【金影悟语】

如果时间能赶得上灵魂，那么请你，请你和时间说“等等”。

栖霞小筑

断桥残荷筑寂寞

霞卷夏风凋碧落

燕去双双何求所

怎奈鸳鸯戏秋波

【金影悟语】

一程，相迎不送；一生，相依相拥。

相　约

浅浅春水清清风

树树云鬓春意浓

杯杯解愁玉玉容

念念繁花盈又送

【金影悟语】

众里寻他，缘于等他，拒绝其他。

钗头凤

柳岸旁　残花落

浮生一念　今成昨

花桥若流水　天涯芳草客

世味成茶　浓情薄

千金难许一真诺

莫　莫　莫

素色年　长梦别

墨染相思　离人歌

依风望月如风过

千秋南风和

错　错　错

【金影悟语】

分明眼前有离恨，怎教人间无白首？女子多情，未免多泪。

踏莎行 · 早春

杏眼含春

朱唇未褪

如花笑靥迷人醉

青丝漫洒正婆娑

蛾眉淡扫添娇媚

清影飘零

身形憔悴

孤寒寂夜怎能寐

如烟往事上心头

和愁咽下相思泪

2020 年 9 月 28 日凌晨

【金影悟语】

等闲且与春风住，蝶恋花绻谁不慕？

长相思·化蝶

蝶也飞　花也飞
蝶醉花丛恋一回
闲愁错倚偎

山也随　湖也随
水印湖山梦不归
红尘谁做媒

【金影悟语】

赠卿一枝梅，二人相守，三生有幸，四季无悔。

西江月·楼阙

江畔繁星点点
楼阙风月年年
煮茶燃烛影摇曳
金秋正华年
七八颗坚果台面
三四弦琴声零乱
五六次起身调弦
谁怨
茶盏绿意片片
浮沉清清浅浅

吟新

吟　新

【金影悟语】

人生如龙井，两叶伴一心。西湖与爱情，所遇皆清新。

西湖的爱情

西湖的爱情
像杯龙井茶
真真切切的
唇齿留香的
走到哪沏到哪

西湖的爱情
像杯龙井茶
明明朗朗的
清新沁脾的
沉醉回味如她
西湖的爱情

像杯龙井茶

清清澈澈的

沏开的是故事

品尝的是佳话

2020 年 11 月 19 日

【金影悟语】

若没有过往的因，怎修得现今的果，万事万物皆有出处，没有无缘无故。

苏堤春晓

三月清瘦
四月丰腴
凄风苦雨何惧
归去来兮

恰便滋新绿
腰发柳丝齐
添著新衣缕
谁家
新蕊连枝发
见花不见芽

花香鸟语临窗啼

遇见

最美好的自己

还有最好的你

吟　新

【金影悟语】

周遭金色的梦呵，如影般磨了朝、刻了夕，磨合了湖心向月明。

平湖秋月

你是秋夜里的光明

解下三秋的叶

开出三秋的花

撷取三秋的果

高挂在天上

烙在我心上的圆

你是秋夜里的光影

只为自我的显或隐

因此　无论见与不见

我依然

会拜托金风裹携
那金色思念
轻撩你枕边

你是秋夜里的光景
最是遥远的你啊
想起与你金秋的光阴
和着盎然的青春
在湖心洒一些微澜
煮透在柔润里浓情
如今晚柠檬般的清新

吟　新

【金影悟语】

人间情为金，名利皆是影。大千觅真爱，回首恰逢君。

三潭印月

那一年
你许了我
一个四季的梦
而我却
滴泪冰封
给了你三生之石

春花秋月
夏荷冬雪
饱含热泪
寂寥同辉
从此

江南便落下

这多雨相思的时节

映山　映水

印画　印心

终不知是你印了湖

抑或湖心印了你

只因　相遇太美

千年亦无悔

你化成三生磐石守护

我倾作一汪清湖依偎

吟　新

【金影悟语】

我用自己的方式善待平静的生活。

西湖烟雨

俗　有俗的活法
仙　有仙的洒脱

这一季
我只愿待在静静角落
去把主题和留白托付
雾霭留白　未必留念
流岚留念　未必留恋

树影婆娑　万家灯火
只在乎　相守那一刻
染指一梦　交错千年
衔水含山　日暮淡远

纵然　相忘于江湖

亦成了难忘的传说

吟 新

【金影悟语】

当柔媚见证了婉约，不苟遐想置温婉于何方。

聚贤亭

想和你
从春花秋月
到夏荷冬雪

赏三秋桂子
邀万里婵娟
约圈内好友

凭栏远眺
极目钱塘西子
忆往昔岁月
看今朝情怀

把酒问天

舒风歇雨

品茗畅思

三潭印月映辉清

不及美美雏凤声

金玉良缘无语凭

影形相随伴此生

吟 新

【金影悟语】

灵隐照壁，咫尺西天。参佛路上，身体力行，修为自己。

灵 隐

你仰望着我

我听你诉说

金身光灼千万朵

人可成佛皆有果

你即是佛祖

我亦是佛陀

你自缤纷我寂寞

修得正果又如何

渡他即渡我

修缘即修佛

惜缘惜福惜生活

何须佛祖渡你我

【金影悟语】

我为你褪去骄傲，而你却转身卑微。才情如你，亦免不了身陷其中。

遇见西湖之慕才苏小小

有感于：妾乘油壁车，郎跨青骢马。何处结同心，西泠松柏下。

爱的等待
真的有些残忍
如果真的相爱
就应该让爱快乐
如此的等待会快乐吗
无数次地反问自己

心的回答是
浓浓的守候

不消停的思念
是用苦苦的时光堆砌的
一层层一块块
一岁岁磨蚀的
莫不是青春年华

如果这样的相守
也算是相对的得到
是否遗憾
也难不成是一种耽误
想想不能给予全部的爱
为何不给个彼此的理由

不算太晚的放弃希望
抑或
是否错误地存享
爱自己的女人
恒久地与自己如此的暧昧
煞有多数男人欢愉成就感

也许

是造物主自私得没的说
也许
曾经最炽热的爱已黯然消逝
来临的
是皱纹驰骋和容颜沧桑

后来的后来
是否
在这世上
只能以不堪的光景
或许面对　或许守望
或许遗忘自己最爱的人

难道的难道
爱的等待真的有些残忍
如果的如果
爱而不见的铭心刻骨
消化成君心深处
煎熬的爱慕

那么的那么

无尽的佳节

无尽的黑夜

即是无尽的落寞

无尽寂寥的痛楚

【金影悟语】

当人们在碌碌“有”为中积极进取，我却在默默无闻中望春。

新春寄语

绿色的思念呵
请寄给隔山隔海
隔空不隔屏的爱恋

此刻的我
在天涯海角的尽头
在潮笑声中收取感激

在逐浪浊世里
丈量着彼此
长长的
长长的考验

沧海拍打的声音呵

由远及近

正传来

旷世猛疫的终结

2022 年大年初三

写于海南三亚天涯海角

【金影悟语】

世人只道轮回苦，当时春色知何处。

春　分

该走的走
该来的来
该与不该
爱与不爱
命由谁宰
运由谁裁
呜呼哀哉

春风且拂春花开
春花且引春蝶来
春蝶一去春花埋

吟 新

谁遣春色入我怀

呜呼哀哉

庚子年二月二十七日　春分

于太守名府

【金影悟语】

总有一些生命为治愈而来，走得太快，留不住的是不舍与隽刻。

缺席之春

今年的花儿开得
迟缓凉薄
尽管我施了隔年的营养
开春不停地追肥
以及猛浇的水

心疼
终究抵不过这番折腾
作死了这一盆
愁憾的是
何等年辰的光景呵

刚开的春

沃绿伸展的枝条
肥油嫩红的芽儿
忽儿遭罪了似的
怀着幽荡的花苞
终究敌不过
出奇倒春寒的凉薄
闷闷地蔫死了

迟到晚开的春花
加上过度地偏爱
想当然地舍不得
把人吃剩的虾蟹
一遍遍猛着下手
下作成花泥肥料

每当想起
这等千万不该
此番亲手
摧残种下的因

不禁常常后悔当初

负疚的心底又生出

自责的罪孽感来

2022年的春花宝石龙沙

开得比往年迟滞凄清

徒添了不少

伤感

寡淡

凉薄

2022 年 4 月 30 日凌晨

【金影悟语】

这世上从来不缺说爱与爱慕，缺的是懂得你的人。渐行渐远的理想主义……也难不成是一种无可奈何？

倒春寒

天愈阴　泪偷零
道是有情当无情
若把离愁容易看
描来容易熬来难
心灰烬　尘不染
倒春寒　非一般

【金影悟语】

一山一水一茶汤，逆旅处处有凄凉。人生如苦荼，仍信历经冲泡洗礼，苦后回甘。

龙井赋

我本草木一小人

茶妇采撷指尖分

茶夫烫锅抡

手茧水泡脱几层

翻炒筋斗揉煎芯

淋透汗几身

压碾炒抖勤

茶客口中茗

谁言茶艰辛

二芽伴一心

自是龙井情

冷热煎压成

烫水冲翻滚

五斤炼一斤

瘦身龙井轻

此谓之本真

喝的是甘醇

品的是人生

【金影悟语】

也许是矫情，也许是考验，也许是天意，也许是尚未知遇。

清明相思

过往

曲不由衷人终散

而今

一朝知遇共相惜

正值

一年清明季

情深

意切花红叶绿

人生原本一台戏

多了个你

少了个你

肥瘦依旧两相宜

吟　新

【金影悟语】

因荷得藕，以荷为萍。相思是一种无起因的病。

断桥风荷

夏风勤　夏雨明
莲藕莲子更莲心
粉为裳　绿为裙
众香失色为谁倾
君且停　莫远行
相思相望两相亲

2012 年 8 月 3 日

【金影悟语】

忧伤着伊的忧伤，彷徨着蝶儿的彷徨，盼望着我们的盼望。

寅虎九月

欢梦雨赶场
该想的去想
该忘的就忘

幻化本无常
该暖的被暖
该凉的歇凉

笑花儿痴样
看蝶儿彷徨
生死即过往

吟　新

都盼望着呢

儿月的阳光

且等风纷扬

【金影悟语】

杭州，一座风景与人共情滋长蔓延的城市。与君初相识，犹如故人痴。

这个秋天　请到杭州来看我

这个秋天　请你
到杭州来看我
湖光山色　秋景旖旎
不冷不燥　早晚添衣

这个秋天　请你
到杭州来看我
不为那春夏种下的因
只为那相思结出的果

这个秋天　请你
到杭州来看我

否定也好 肯定也罢

失几城寂寞

拥一池繁华

这个秋天 请你

到杭州来看我

不为一时撷取

只为一世传奇

2020年10月14日上午草写于西湖风景名胜区

为西子诗社、《湖畔诗刊》初刊发行而作

陈虚炎[①]浅评：诗人是那种阅历丰富、风情万种的女性，多年电台工作的经历，留洋海外的见识，和形形色色、层次不一的人物照面，练就了她一身礼仪与待人之道。柔软蜜意的笑容，轻缓和柔且磁性的声线，款步挪移的身姿，利落大方的举止，诗情画意的情怀，无一不透露其典雅高贵的素质和风采。正如该诗：柔情蜜意，却如一杯凉热适宜的清茶；深情款款，又透出风雅彳亍的骄矜……冷艳、高贵、雍容，却又简淡、闲适、怡然。仿佛不食人间烟火，抛开世俗烦恼

① 陈铮，笔名陈虚炎，诗评家。

的仙人，无需妆点或巧饰，整个心境就如璞玉般天然。唯美主义浸染字里行间，一世传奇点透心之所向。

【金影悟语】

落日熔金，散尽缤纷，褪却繁华。满地黄花，满眼飘零，满湖皱水，满城愁山。寂寥，亦是我感伤深处的一隅骄傲。

秋　唏

叶儿黄兮　满地

草儿黄兮　枯夷

桂儿黄兮　香袭

风儿黄兮　添衣

月儿黄兮　赏己

蟹儿黄兮　食趣

稻儿黄兮　贮积

饼儿黄兮　尝几

栗儿黄兮　熟矣

橘儿黄兮　甜蜜

纸儿黄兮　回忆

心儿黄兮　老去

2012 年 9 月 11 日

于白云深处

吟　新

【金影悟语】

人生，闲，且闲得极致，忙，当忙得酣畅。

秋　爱

在这个清透的秋天
我将把金色的思念
倒上那澄澈的啤酒
泡浮点点转瞬涟漪
浮金暖火澎湃激情

我将把春的郁葱
加之烈夏的狂热
调成明艳的秋黄
三秋光照　气色绝美
托起一道道暖心金芒
照亮期待的包容、含蓄和深沉

照亮光影年华里那寻春的希望

若金秋影下三生有幸
顺手切些陈姜黄片
鹅黄的鸡精把血腥撇清
纯青于三昧火的厨艺
我将揉掰些思念于你
剩余的拿来装点秋色
我将对你全部的秋爱
慢炖细烹成饕餮盛宴

【金影悟语】

并非不来相思时，情到深处侬不知。

西湖秋梦

你总是不经意
在微醺的风里
找寻春的痕迹
才发觉
你在试图驱散
热烘烘的气息
多希望
深绿的素净里
我　先你老去
也总想
彼此交错眼神

从中寻回自己
正因为
清风吹驻面庞
热梦悄然褪去

伤感的夏荷
像个感伤的舞女
感伤在灿若星辰的
点点寂寥里
夏渐迷离
夏渐远去
夏虫们的高亢
渐渐蔫了声息

多希冀
如蜜纯真的你
矫情在骄傲的资本里
真不知
凉夜里的薄雾
竟然遣送了暑的俗气
依然在半城山水

如诗如画的浅笑里

别了夏梦佳期

恍然领悟　岁月更替

我的秋梦此时又起

2013 年 9 月 29 日

于天鹅堡

【金影悟语】

只道不来相思意，总觉未到情浓时。中秋。

中秋佳节

一个关于风月有边
关于月亮被面　米粉
揉换成饼的骗人骗心的故事
明知荒诞乌有
人人却醉心浪漫传说
心甘情愿等待　徘徊
一年一度的日子
不知　骗了痴男怨女多少代
不知　寄情浪漫主义几千年

【金影悟语】

由表及里、以内养外、深入浅出、拿捏精准，呵，这雨！

初冬夜雨

初冬深夜的雨
犹如苏州的弹词开篇
弹拨敲击　点点滴滴
簇促弦叙　清脆彻底

倾诉着摇曳江南的迷离
城里的人和着雨滴
都已沉沉睡去

初冬落雨的深夜呵
倒不如沏一壶幽淡的龙井茶
看浮沉的翠绿弥散开来

入梦前静心闲听雨音

雨音滴入那翻腾的水

好似散不开的情结里

诉说着人间听不懂的絮语

2013 年 12 月 16 日

于天鹅堡

吟　新

【金影悟语】

年轮过半，吾必以秋月照人、冬日暖人之所以。

立　冬

别了春的娇俏

夏的婀娜

秋的媚惑

恍然作别一年三季

光阴

愈发变得奇货可居

2017

陡然被剪所剩无几

顺应节气悄然而栗

立冬　亦悄然降临

天地有冷暖

人生有四季

除去谎言的那些天

抑或发昏的热恋

一阵风一宿雨

与深爱的秋挥泪作别

作别成梦中的依恋

谁说立冬永恒不变

谁说这岁月终成奢念

连深秋也裹紧了今天

担当的祈愿匆匆走远

轻轻地道声再见昨天

你好明天　希望来年

风寒　雨冷　茶薄凉

消瘦了春夏秋的容颜

冬天不远　那么畏寒畏冷

随便随念也浅藏易现

时而阳春寻蜂觅花蝶

时而寒风冷月若冰雪

吟　新

寂寞人间总被消遣

且看

万物萧疏日惨淡

风凛雨冽迎霜颜

天地寒　君可安

盼君勿忘添衣暖

珍重二字挂心间

此致敬礼念念念

2017年11月8日晨

匆匆作于太守名府

【金影悟语】

雪子，雪的柔情，冰的坚贞，万物皆有灵，殊途亦同归。

雪　子

在扑簌簌落地弹跳
叮叮咚敲打着窗棂
掷地有声
似乎证明甚有存在感的你来了
雪子　2019年的第一乐章

印记纯洁的音符
哼唱原创的旋律
演奏着灵魂深处的通透
来此人间不负不枉

每一颗都心甘情愿地活脱

不娇不涩真实坦荡
即便化作清澈遍地不复水
仍若明镜一面沁润万物
于是 此时此景的心灵花园
不禁滋生出惹人醉心的喜爱来

舍不得 舍不得 终有些舍不得
目送着那颗颗玻璃心
跳跃地绽放 潇潇地消逝
雀喜之后未免凉凉着急出“心疼”
雪子 万物的精灵 天使的化身
诠释着生命来去的意义

万物皆有灵性 逸动的你来了
那么积极 冷峻 达观 融合
一个个先萌化了自己
许给人间多梦的季节
清冷中打个暖暖春盹
茫茫大地 仿佛人人都是追梦人

可怜玉雪子 飞花溅傲骨

雪子　雪的柔情　冰的坚贞
不同于雪花浪漫缠绵
又同于坚冰果敢乐观
在冬春交替的时光里
终将铮铮傲骨
化作一汪水的平静和柔润

一阵门缝钻进来的冷风
着实让我打了个激灵
耳畔，阿姨正呼唤美美做手工牛轧糖
随之厨房飘来的诱人烤花生　奶粉香
忘了　忘了　匆匆狂想作罢
一切戛然而止
唯有脑海浮现四字——
殊途同归

2019年2月16日
于姚城喜逢雪子

吟　新

【金影悟语】

不必找你，你也会和往事一起，轻叩我心扉。

2013 年的冬雪

一夜北风

驱散江南雾霾

一夜冬雨

洗涤城市铅华

晨起飘雪

掩埋了2013年

昨接寒雨　今纳瑞雪

散淡絮飞　遁入空寂

归去来兮　兼容并蓄

情景之致　美哉叹息

不知所起　无知所以

往事翩翩　缤纷历历

【金影悟语】

在萧瑟中滋养灵感，终将开出绝尘之花。

冬日里最后的黄玫瑰

百花皆怨无情雨
更惧风雪谢残枝
你是冬日里
最后绽放的黄玫瑰
在心灵花园一隅
心安地盛放

鹅黄温柔地伫立
明媚娇艳婀娜动人
果不其然
遭遇肃杀万物的大雪节气
你仿佛不胜娇韵　却无比坚强

吟 新

当真活出个活色生香

正如这如诗如画的日子

消磨得悠长悠长

就像寂寥从不曾与你相扰一样

冬日里的暖阳和着你的芬芳

在故我的世界里做着美梦

这年月　此光景

真不知西风北风捉襟见肘

在哪儿歇凉　在哪儿心伤

是否可以猜想

摧枯拉朽也惧万古消亡

2017 年 12 月 14 日

于太守名府别里

【金影悟语】

出发是为了到达，有你同行，更无惧怕。

以宠爱之名

旅行
在乎沿途的风景
更在乎　同行的人
不然
再好的目的地
再好的风景
都不解
看风景的人

记得
多年以前
常常以工作之名旅行

不能说快乐或不快乐
因那时
背负太多思量和憧憬
心中不曾过往的胜景
总是
徘徊在脑海里成行
甚至
迟疑得有些莫名
与其说
不喜独自旅行
不如说
是害怕胆小得要命

旅行
在乎沿途的风景
更在乎同行的人
不然
再好的目的地
再好的风景
都不解

看风景的人

你说

从今以后携上金影

将以

宠爱之名去旅行

携手

去看我心中的月牙泉

翻山

把梦中的香格里拉找寻

以及

守望那片金色的胡杨林

听　你的脚步渐行渐近

我深深知道

我是如此幸运——

因为幸福已经来临

2013 年 3 月 14 日

于江南春城白云深处

吟　新

【金影悟语】

不自信的人内心藏着一个自信，就像丑陋之人心灵深处藏一个美。

也　许

也许是天意
也许是无意
有你的日子总是有雨
相同的偶遇
不同的经历
打湿了满心欢喜

也许是天意
也许是无意
有你的日子总是有雨
我错过了春季

错过了夏季

又怎能错过下一个你

也许是无意

也许是天意

有你的日子总是有雨

今夜的今夜

我不想哭泣

怕只怕是否迷失自己

也许是无意

也许是天意

遇见你的日子总是有雨

我深信　深信

能走进情爱传奇

期待不是忧伤的结局

2012 年 10 月 8 日

修改于江南春城白云深处

吟　新

【金影悟语】

东风着暖携新眷，侬来此住寻天真。

雀罗晨有剥啄

我是那
百分之三的小众
宁做一帘幽梦
不做一时春梦
我做仙般洒脱
不料门声叩破

看　家门前的红梅
如约而引领盛开
携着身旁含苞待放的
柔粉樱花
风姿绰约　静静待宠

摇曳不胜的娇羞来了

轻问一声　是你么

凝神　赏心花去

念想

满树樱桃　缀满枝头

又是

罗雀争啄饕餮时

【金影悟语】

既为大有世界，应求上上之境。

叩 仙

蓬莱无歧路
何处隔仙山
秦陵今安在
嬴政不复返

峨眉风峻骨
神芝救许仙
武当炼真丹
朱棣可生还
嫦娥空缱绻
拂袖云舒卷
董永讷凡间

七仙怎流念

朝夕红尘辗

过往似云烟

流光指缝间

一叹数千年

2012 年 9 月 21 日

于幽兰苑

人生不遇，十之八九，情爱如此，缘亦如斯。

传说故事，意会至美，灵之所至，梦境寻之。

千古幽思，思之怅然，情缘难求，寻之待之。

寻而得之，琴瑟悦痴，寻而不得，怅然若失。

吟　新

【金影悟语】

依本庙堂金身渡，奈何风雨纳草污。纵有东岸凌云志，阅尽苍生疾与苦。

神秘的大佛

你　噘着嘴
始终没有笑容
唯有那柔和的双目
迷视着未来

你　饱受风霜雨雪
任凭日晒水浸
无痛无痒
从不呻吟

你　阅尽过往千帆
耳熟世间凡音

明明无奈

却假装不听

勘破浮生

却依然悲悯

流云说

她逛遍了整个世界

飞鸟说

她衔尽世上繁花

岷江说

她翻尽浊世繁华

而你

总是静默垂眼

静默　普度无凭

深沉　怀揣疑惑

还有

那三道深深的颈纹

任凭

红尘斑驳

任凭

吟　新

泥壁破落

却！绝世千年

深深镌刻着——

黎民苍生

8 月 28 日

梦乐山大佛

【金影悟语】

心中若是无烦恼，即是人间最美好。

幸福的黄丝带

故事源于一位远行多年的丈夫，给他的妻子去信时，这样写道："如果你欢迎我回来，那么请在家门前的橡树上系上一条黄丝带。"当这位丈夫怀着惴惴不安的心情来到家门前时，看到家门前的橡树上系满了一树黄丝带。从此，黄丝带成了幸福、吉祥、爱和期待的象征。

风儿告诉我
你将结束流浪
不再去独个儿飘荡

云儿告诉我
你正收拾行囊

吟　新

在渐行渐近的路上

月儿告诉我

你将携着想象

来看我未知的模样

林儿告诉我

你将改变现状

学会了生活的分享

雁儿告诉我

你将带我离开

这千年等待的地方

心儿告诉我

流淌的不再是

淡淡的忧愁或感伤

而是，而是

盛满春天的故事

让她（他）们幸福地去猜想

【金影悟语】

痴情女子，总想找个跟伊说情话的良人。

望湖楼·致金小姐

拍遍栏杆望兮
朝雨暮雨
吾恨君生早兮
无端唏嘘

执手看泪眼兮
竟无语噎
叹红颜如织兮
今昔何兮

何当共剪西窗兮
君惜我惜
尔今福兮祸兮

何枝可栖

遥夜竟起相思兮

难觅难觅

愁听莺雀自语兮

痴迷几许

忽闻纯真召唤兮

归去归去

【金影悟语】

有一天我将悲伤得不能自已，那是我的离去……不必哀歌，只需欢乐。

我要与你相见

趁七夕到来之前
我要与你相见
请你不要问我
为何打扮得美若婵娟
请你不要问我
爱的坚贞有否改变

趁七夕到来之前
我要与你相见
因为分离得太久
梦里梦外都是思念

因为岁月无情
犹如风暴吹落青春花瓣

趁七夕到来之前
我要与你相见
即使跨过九江八河
即使翻越千岭万山
我也要扑进你的怀抱
因为相见胜过说爱千遍

金影老师的诗歌采用了复沓的手法，结构严谨而层层递进。立意上别出心裁，七夕本为情人约会之期，“我”却偏要赶在七夕之前相会，极言期待的热切。语言上生动活泼，每段都有金名出现，“风暴吹落青春花瓣”“梦里梦外都是思念”，都是值得读者鉴赏。最后引出并深化主题“相见胜过说爱千遍”，是一首非常值得学习的诗！

——雨霖铃

【金影悟语】

余生似梦，不付等闲，仍信，世外有桃源。

弹罢钢琴

弹罢钢琴独上楼
思绪零落　散一地闲愁
远虑　近忧　秋尽离人薄凉透
唯见　庭前青松枝　一对蝉壳空留
分明　黄花碧叶青未了
更堪　东风不留　西风更著愁
凝眸　易来难去　无端上心头

曾忆　荷花池　仲夏梦
白云深处谁共影
逢寒秋　幽兰空嗟雨铃霖
不禁　有情当落日　无心怎熔金

高山流水遇知音　不敌

一语惊醒桃花梦　凤凰枝头悔薄情

梦猝醒　咸泉扑簌　泪分明

尔今　言已尽　青黄不接覆空径

更哪堪　似当时　桂正浓

物同　景同　人相同

料得　伤心莫问　终成迟暮

天涯只影谁同赋　何当共剪西窗烛

君与卿　何听晨钟与暮鼓

轻声叹　惊风木叶终伤别

心路远　欲话难　多情自古情多偏

意和念之间

西风吹面自成寒

寻思起　清泪收　微抬头　月如钩

【金影悟语】

虚拟的世界、真实的自我，我常常徘徊于迷失自我的困惑中求索。

网　梦

今生初来与你相逢
你在网中我在网中
身相同　心相通
灵相拥　念无穷
来匆匆　去匆匆
真切在城市的另一片天空

满满的江南好雨之春颂
只为寻满眼的同翠热梦
我想　思绪的清风
不再萦绕茫然的空洞

今夜的今夜

我无计入梦

夜浓浓　雨浓浓

风浓浓　雾浓浓

是否　是否

眷恋你的情太浓

2012 年 2 月 26 日

于江南春城白云深处

【金影悟语】

当一个女子在静心喝茶的时候，她喝的不是茶水，而是泪水。

穿　越

内心飘着雪
洒下对你的思念
梦里的缠绵
留下太多的爱怜
柠檬的月夜
相忆朦胧的容颜
世事的变迁
曾经的永远
难道都已成谎言

我和你

你和我

昨日的依恋

演变明朝的挂牵

我的泪

你的眼

作祟各自心里面

偿还滋长在春天

心丢不能捡

心月只向郎圆

命运若能重改变

祈愿此生真相恋

年年岁岁　岁岁年年

美满人间

【金影悟语】

不知春归何处觅，唯恐惊起一片愁。

君　惜

引　子

先生，您爱花么？

上海话：栀子花，白兰花，五香豆，茶叶蛋……

小钵头，甜酒酿……的笃班，绍兴戏……

苏州话：呜呐~呜奴~我……

致：我的外婆·倪来宝

晓来雾里凭栏倚

朝时雨　暮时雨

怎敌

愁听怕是伤春曲

正愁
散了樱花
落了桃花
飘了梨花
碾了心花

伤心处
薄雾暗香如是乎
谁慕　谁妒
谁顾　谁抚

那年　那日
那时　那人
教人怎话　怎呜呐

赏春惜春慰花疼
野草闲花逢春生
年年断肠　奈何
尘土葬花魂

【金影悟语】

愿遇你时，倾心相惜，恍若一梦，后会无期。

有时候

那时候

你还是你　我还是我

那时候

我看到了你　你看到了我

那时候

你忘却了你　我忘却了我

有时候

你就是你　我就是我

有时候

你不是你　我不是我

有时候

吟　新

我即是你　你即是我

这时候

我不是你　你不是我

这时候

现在的你　将来的我

这时候

你依然是你　我依然是我

2012 年 3 月 24 日

【金影悟语】

爱情的确是审美的范畴，消受不起半点委屈。

对　话

下里巴人和阳春白雪
是永远无法等同而论
就像最高分和最低分
有缘相交而无法并行
即便去掉一个最高分
再去掉一个最低分
留下的平均分
也就是大众化的苟且

你活在你想当然的
画地自圈的世界里
以你的原点、面为满足

吟　新

我活在

故步自封的精神里

更活在

理想的崇高浪漫里

我依然做着

不曾醒来的梦

即便不自觉

已然睡过了头

起码　到目前为止

现实中的你依然是你

我依然是我

除了天真……而不是我们

【金影悟语】

家，是心灵的归属和身体可以依存、保管的地方，而不是鸿雁掠过、不负责任的过客驿站。

Always Choose Life

希望

她是你的爱妻

相信

她将视你为

心灵和生活世界的唯一

因为

她深深知道

活在一君的欢欣鼓舞里

希望

她是你的贤妻

相信

她将遵循

一个贤妻的温良谦恭礼仪

满心欢喜地

打理花草美居

让家

充满生机有序

希望

她是你的仙妻

相信

她将为你

呈上五菜一汤唇齿留香

她愿意

托着香腮傻傻地把你端量

期待一君的赞许

希望

她是你的惠妻

相信

她会用一双娇手

为一君平整地熨衣

从领、袖前片后片到门襟

由浅至深的审美挂衣

希望

她是你的娇妻

相信

她将以纤美的十指

清丽的歌喉

轻声弹奏且浅浅低吟

与君共舞曼妙一曲

希望

她是你的贵妻

相信

她将尊贵

时尚、政经、明媚独具

与君共享

赢得世人的梦寐期许

希望

她是你的福妻

青春做伴

笑语还乡

携手夕阳

依然

娇羞地依偎在君臂弯里

我愿意

从容　恬静　优雅地

——老去

【金影悟语】

夜深人静时，时间是属于自己的。夜，让我灵魂跳脱、思绪万千。

夜

夜

如此宁静

让我想起远方的你

托

此刻的星星

捎去我此时的心迹

倘若

你未有睡意

想必

也在深深地呼吸

足以

让彼此的希冀

如此清晰

冬夜

星稀

遥远的不是距离

如果

不曾忘记

不如

常常地想起

2013 年 12 月 15 日

天鹅堡

【金影悟语】

知识推动人类文明的进步。慈者，给人希望；善者，予人钱财。一个人、一本书、一句话、一百块……足以影响或改变其人生。

老师　我不愿您老去

老师我不愿　不愿您老去
不忍看您光华的容颜消逝
昔日您笑容可掬神采奕奕
昔日都定格在我的脑海里

记忆定格我们年少的童稚
同时定格了您不朽的芳华
感叹　记忆难与青春携手
感慨　岁月在斑斓中流走

老师我不愿　不愿您老去

吟　新

我们共度的岁月不会沉寂
您的殷殷话语全部镌刻在
深耕的皱纹和稀疏华发里

您曾站在讲台上神采飞扬
我曾坐在课桌旁东张西望
如今的您迈着沧桑的步伐
如今的我在怀念过往刹那

老师我不愿　不愿您老去
纵使青春被时光无情磨砺
在我重叠如沙海的记忆里
仍珍藏着那些纯真的秘密

您是那年那月高光的定格
假如时光真有一个回辙键
我一定会毫不犹豫地按下
哪怕　再做一回调皮孩子

为 2020 年 11 月 28 日于桐乡新世纪大酒店举行的
石门中小学师生联谊会十周年庆典而作

【金影悟语】

白云深处幽兰苑，闲心一隅醉花间。

那一年的那一天

红五月　繁花簇艳
绿树浓荫话伤别
六年的白云深处
无争的城外古墓
轻轻地
只载走一草
却带不走一木

亲手栽的红豆杉
门前的红梅
我的金桂　银桂
我的枇杷树

柚子树　杏树　蟠桃　水蜜桃
樱桃　石榴　葡萄　香樟　银杏
还有那百棵玫瑰
以及四季青翠的竹

那一年的那一天
载着小美开着车奔跑
载着六年的光阴
我作别　伤别
售卖了白云深处的家
幽兰苑56-2
串成那
唏嘘不能自已的牵挂

【金影悟语】

恰当的文字如同恰逢的音乐，是无限美好的自由徜徉。写得凄美，活得阳光。

恋　人

最早是你的留言
堆在寂静天空里
是最不经意的偶然
那些纷至沓来的云
忽如天国的使者降临
如羽化的金翅鸟
如于飞的五彩凤
越是熟悉的地方
越显得毫无风景

为等待爱的来信
为等待爱的来临

吟　新

不拘于形迹宿命
不惧于涅槃重生
无论是天涯
无论是海角
只要不是生命的尽头

那如花般淡淡的愁
那如梦般淡淡的忧
佳期　想想也是
粉红粉紫和粉绿
携同湛蓝的天空
昭化微漾的心湖

爱而不见的日子里
呵　抬头是你
低头是你
闭上眼睛还是你
纵然相隔千里万里
只要想起　就
少了悲切
多了喜悦

2021 年 1 月 3 日

【金影悟语】

何谓非凡，何谓美满，境遇不同，答案不同。爱需解释，恨无价值，弃的终归是弃，惜的是否珍惜？

茜茜公主

蓝色的多瑙河啊
带走了我的忧伤
却带不走我的过往
就像这教堂的钟声一样
绵长——绵长——
扰乱了我的期待与彷徨

巴顿湖畔的童话
只在咖啡里浓情畅想
茜茜和约瑟夫的爱情
在美泉宫里的宫规礼仪

在皇家的后花园里

在郊外不堪的锥刺里

在远逝的皇家马车声里

消散了匈牙利　布达佩斯

以及奥地利的追忆

2011 年 6 月 7 日作于匈牙利

修改于天鹅堡

【金影悟语】

上不欺天，内不欺己，外不欺人。平生无一事需瞒人，此是大快乐。

愚人节

不知是上帝跟人开了个玩笑
还是人跟人在开玩笑

让戏剧的含泪笑
让糟糕的更糟糕

末末了　头一遭
时间忘记上紧发条

是与非　对与错
口沫相传　猜想无处校

2016 年 4 月 1 日

于天鹅堡

吟　新

【金影悟语】

女子生江南，应是前世福报。

闻

闻

闻到了春的气息

丝丝的甜

丝丝的小清新

鲜鲜儿的

看

枇杷开了一冬的绒绒黄花儿

山茶那个艳娜呀延年至春

这不　桃啊　梨啊

正含着小小的希望骨朵儿

酣酣地做着懵懂的春梦

春儿轻盈地来了

听

无声的　润润的

丝丝密密的江南好雨

犹如江南之女

恰似江南的你

亦如江南的谜

寻觅

依稀梦里的春的气息

吟　新

【金影悟语】

观念、意识形态会改变一个人的力量，需要交心交好的真朋友，方能共赏水天一色。

握住你的手

握住你的手
有点颤抖
颤巍巍地
拾阶上走
乘兴去看
应景山头

牵着我手
有点别扭
不是没有
更多理由

将军山那头
有啥知否

挽着你胳膊
有点不苟
听你说
她不够
风一样温柔
揽美女山的腰
相扶停留

比肩相邻
絮岁月悠悠
瞰前尘往事
多少爱恨情愁
都已
化作乌有

2020 年 11 月 18 日　凌晨三点

吟　新

【金影悟语】

退一步是有情人，进一步则成眷属。

相　依

说好带你去流浪

去世外的远方

心远行未远

你　又把我带回故乡

于是

你离不开我

我离不开你

你在这里停泊

从此　不再放逐

【金影悟语】

我请寒冬春天住，真情总被无情负。

2017　我不想说

你从春天走来

却打冬天离开

该表达的都表达了

该矫情的也矫情了

不装不掩不修饰

不亏不欠不辜负

仅剩有余的当下

索性做个落魄的美梦

风度俨然高于温度

情深缘浅且也曾意浓

只道相逢相映不相送

吟　新

恋四季风尘

念一年之恩

正如初春

我踏歌而来

恰似隆冬

你携阳而去

余晖是你唯一的延续

也许偶尔也确信

远方似乎有胜景

习惯了相依为命

难以抉择移步换景

想象的是未必

预见的终成结局

飘零未必是无依

更不是随心所欲

倘若随波而去

不如且等且沉默

我何止沉默

只是惯于不想说

告别我的 2017 年

匆匆写于太守名府

吟　新

【金影悟语】

若教眼底无离恨，仍信人间白头恩。去寻真，寻世上那个默契的灵魂、阔契的人。

只为看你

过去
我从不在意
也没有勇气
所以
现在看你有些迟疑
就像你从不介意
而你
以伟岸绵延的身躯
依然雄壮地矗立在那里

来

让风挽起我的手臂

让雨共我沐浴

听

连心跳和呼吸都在一起

要知道

为你

穿越多少个岁月和世纪

要知道

离开时

我把我的影子留在了那里

坚信独步人生之旅

2020 年 8 月 8 日

小美生日

于玉龙雪山　悦榕庄

【金影悟语】

伤心人总想伤心事，伤心事总触伤心人。

望

望尽春山　怜人更在山外山

望断春水　伊人心事藏心闺

不消三五　李白桃红　皆成芳蕊

娇莺恰啼　春花春草为谁醉

情燕喃呢　春风春月谁相随

别　于无声处　品尽人间滋味

【金影悟语】

孩子，记住，我是助你发芽、帮你修剪分叉的妈妈，终有一天你会离开我，去拥抱世界的变化。

从今天起

从今天起
你那只童年的箱子
装不下童年的行李
而过去的儿童盛装
亦装不下现在的你

从今天起
随我十多年的LV包传给你
三个月法国刻名定制
人生符号的特殊含义
望你懂得珍惜且争气

从今天起
我不再唠叨和碎念
我已尽最大的努力
修行在人生之路途
也曾大小手牵绊互励

从今天起
我将不会再修理你
你我已是比肩之朋
你有你的尊严之心
不过我还是会叮咛

从今天起
请尊重时间并高效学习
做人同样也是这个道理
除了良善第一
还要学会管理束律自己

从今天起
遵从你内心真实的自己
无论外界对你是好是坏

热忱的你总替别人考虑
狮子座爱奉行思考独立

从今天起
祈愿所有快乐与不快乐
你都能学会承受与担当
你是天真与理想的信徒
你将那明媚与骄傲独具

从今天起
孩子　收拾好行李吧
你美好的征程已经开启
你将会独立并学会远行

2017 年 7 月 17 日
匆匆作于北京首都国际机场

吟　新

【金影悟语】

爱是风筝情是线，这头总把那头牵。

花意向晚

你的姣美
有谁能体会
太多的愁滋味
任凭秋风吹

你的容颜
你些许清泪
太多的爱负累
依偎了憔悴

夜太沉醉
相思成安慰
尊贵替代完美

伤心谁来陪

光阴轻抚你疲惫
青春错付东逝水
桂散荷残梦不寐
菊笑沧桑是与非

吟　新

【金影悟语】

无情的风又来多情的雨，只当再做个冬眠春梦，来年十倍还你。

葬　心

深深春如许
浅浅历夏雨
灼灼生绮丽
潇潇付尘泥

残梦乱心绪
芳情成冢泣
可待成追忆
泪干作春泥

我愿心葬土
新土培新绿

不离亦不弃

生死两相依

2018 年 5 月 8 日

于太守名府

吟 新

【金影悟语】

在伟大的爱情诗歌里，在思想认知和文化求真中，我永远热忱抒行、慷慨不吝。

Sweet Water

但凡万事都有出处
绝对没有无缘无故
即便挑选爱车亦如此
毕竟相随时日久多
和生活缔结相处
人生岂能马虎

718　或许是
这数字的契合
与我的人生如此惊人相似
也许是

某个深夜映入微信的保时捷中国
纯属偶然点开链接
缘于“迈阿密蓝”这四个字
深深地吸引了我
我也曾去过两趟夏威夷
领略檀香岛的风光绮丽
和海的静谧与壮美之余
心底里总想有一天
去美国佛罗里达的迈阿密
去看那无边绚丽的浓情
以及细腻光滑洁白无瑕的白沙

于是　我开始点击链接
开始个性化逐一配制
车身的着色
轮毂设计风格
波尔多酒红真皮内饰的选项
软顶敞篷的选色
俨然成为现在这般模样
大有意思的美妙手动神来之车

不亦快哉

仿佛幸福就是想我所想

爱我所爱

大有桑榆重晚情　情怀无限悦之超然

生如夏花　718

此季　我已爱上它

【金影悟语】

现世安稳、物质富足、心灵匹配、思想勾兑，饭菜俱会，浪漫情怀、崇高品位，责任义务、形影相随，感恩有你。

致我的风格先生

这一年
世人唤作二零一八
而我用九个月的时间积攒
就像你如获至宝般的等待
这过往的三季是曾经
这一季
任光阴流转飞逝
叫作消遣
这些时日
养鱼修花种草称为休闲
依然故我的慵懒　称作美梦

吟　新

然　期盼的一切
都是铺垫你的出现
以便这次足够的航程
你说
我是一道看不够的风景
好似梦寐多年
熟悉又陌生的奢侈品
我说
你是陪伴我的那个必须的人
掐指数　心算来
也不知从哪一刻起
弥足珍贵地等了你春夏二季

剪剪光阴　如影同心
冶冶岁月　而今随行
这个绝美的秋季
你　我
确切地说是我们
如约共赏一路繁华胜景
亲　余生不长　来生无往

我希望

这一季和下一季

我的浓情与你的深爱同行

纵然人生若旅　无从可寄

也要从这一年的这一季的这一天

让我们一起与家　与爱sailing

吟　新

【金影悟语】

雪花的快乐是及时行乐，我心驰神往。

岁末絮语

霏霏雨雪落九天　苍茫裹黑夜

微微春秋弹指间　严寒冻腊月

斜阳披草木　山水笼云烟

怎奈　此去经年

梦也香甜　才留恋

绿也轻盈　红也娇颜　花未眠

雪　雪　雪

下一场有关痛痒的雪

是痛彻心扉的洗礼或催人清醒的重生

对感伤　逝去　悲恸的叫作天下缟素　埋葬一切

对希望者而言叫作喜迎瑞雪　预兆丰年

对活在当下者　叫作风花雪月　及时行乐
对弱小者叫作不堪重负　雪上加霜
于是商家营销　亦有了各种借题发挥的噱头
无处不在的众生之理
活出个善于捕捉　乐于释怀　懂得消遣　回归真我的借口
可谓一隅偏安　千色江南
但凡嗔看　雪漫漫　妆点江山　岁月正酣

雪　雪　雪
纯洁的婚纱　华丽的衣裳和光鲜遮羞布
从降落尘世的那一瞬间　只为生命唯一而活出精彩
此时若飞絮　意逍遥　纵多情
喜也飘零　乐也欢心

雪　雪　雪
落尽人间喜怒哀乐　数遍众生寒来暑往
复返的依然是轮回变换的日月星辰　风霜雨雪
于对抗病毒而言　杀虫豸　去毒雾　除污驱秽
走的走了　散的散了　来的来了　聚的聚了
从容更迭　归去来兮　人间的四季从未缺席

这不　明年又是崭新的气象万千

2018 年 12 月 29 日

于太守名府

【金影悟语】

知我者甚少，懂我者寥寥，纵有思虑万千，却是天上人间。

寂

我是一颗孤寂的星
散发着微弱的光明
你是一个孤独的人
渴望有颗闪亮的星

我是一颗天上的星
我在天上你在地上
天壤之别　别在想象
天壤之别　别在心上

我是一颗天上的星
惯于俯视爱意的眼神
你是一个孤独的人

吟　新

一个寥寥独行的灵魂

我是一颗天上的星
多想靠近温暖的人
你是地上孤独的人
终是无法交汇的平行

2019 年 9 月 1 日
于杭州新新饭店

【金影悟语】

在浩瀚的文字面前，我只是个充满好奇的文艺青年。

有一种

有一种方式
叫作欣赏

有一种修为
称作素养

有一种力量
教会我们成长

有一种爱
鼓舞我们前往

有一种自由

叫作徜徉

有一种挫折
教会我们坚强

有一种气息
叫作芬芳

有一种执着
叫作汲取营养

有一种未知
叫作猝不及防

无论地有多久
天有多长
即使迷失了方向
没有人
能把思念阻挡

2019 年 12 月 26 日
于厦门

【金影悟语】

盆，五彩缤纷聚欢颜，友，失手倾翻破离散。

盆哟 · 朋友

盆哟　朋友
不知在何时何地偶遇
入眼的刹那灵魂交汇
便生出灵感　满含滋养
莫名地去猜想
参透个中缘由

于是
成了彼此因合而聚
或交错　或绽放　或含蓄
若真生出此番层层叠叠
打包的情愫来

心甘情愿

痴痴地不远千万里

随手便挎了回去

这情分　或空待

或盛满了款款盛情

丰富得忘乎所以

盆哟　朋友

尽享用　显盛情

易破碎　难收藏

哟　未尝不是如此

2015 年 12 月 31 日

致我亲爱的朋友们

【金影悟语】

年轻时做主持，总怕有一天把话讲完而无话可讲；年长后谈资渐丰，语滔不绝，却浑然不觉其实已是啰唆。

驱车沿途

纯真的你
不因江湖纷扰

原生的白
只觉人间缥缈

重生的绿
不求天荒地老

无垠的野
只见神怡花草的笑

今生的路
但愿相伴绵延无烦恼

吟　新

【金影悟语】

我用这五年青春、心血，及多少无眠之夜，抒写了这些精神财富，却受用终生。

爱的重生

昨晚
我是一只玫瑰树上的夜莺
扎着刺在黑夜里放声歌唱
滴血的内心充满玫瑰渴望
渴望去冲破想象力的藩篱
渴望振作起折断了的翅膀
带着伤撕裂那禁锢的压抑
忍着痛竭尽全力继续飞翔

今晨
我是一股明澈不可挡的泉流

涤荡沉沙古旧奔向清新自由
我要静静地汇入江河与海洋
追寻本真梦想拥吻浪及远方
那里有自由的空气
那里有浩瀚的力量
那里有玫瑰的颜色玫瑰芬芳
任由我惊涛拍浪尽情地歌唱

此刻
我正孑然褪去霉味的沉重
痛楚地啄掉一身旧羽何妨
于是蜕变作鹰的重生
桀骜神驰在高高蓝天
那高高　高高的
白云之上

2020 年 6 月 2 日
于天鹅堡

吟　新

【金影悟语】

此番捆绑、淹糜谄谀、浸透华物，屈煮歌赋，况味清明。

逆旅青青

香草美人

君子成仁

逆旅青青

感念真真

粒粒晶莹

裹抚我心

万煮千滚

黏熔性情

可咸可甜

棱角分明

腴肉青衣

火候任凭

但为君故

龙舟粽情

端正之吾

自由之精

柔糯灵魂

流传至今

剥离爱恨

人间佳品

2020 年 5 月

庚子五月　灾疫盛行

吟　新

【金影悟语】

我嫁给谁，谁都幸福。至于我幸福不幸福，只有自己清楚。

你准备好了吗

我本名门闺秀
一家养女千家求

千金之躯
亦当千金娶
一乘百万车（宾利）
一金屋藏娇之丽居（别墅）
现金聘礼二百万
浪漫现实主义和现实浪漫主义

轻问一句
你准备好了吗

【金影悟语】

人生遭逢，现世现时皆处境不易，拭泪当雨、呈现笑纳、饮进且咽下。

假如生活

假如生活被商人贩卖
对他来说
只是一场买卖而已
可买空
亦可卖空
十卖九空
空空如也

假如生活以利相交
除了交错
再无交集

流失消耗的只是时间
哪有什么换位空间
所以
真不值一提

假如生活欺骗了你
那必须
放得下拿得起
对欺骗者而言
根本不存在
任何伤害与对不起

2020 年 6 月 14 日
于天鹅堡

【金影悟语】

忘记，忘了又记；想起，想时又起。

今 夜

今夜　你放声歌唱

扰乱我甜美的梦乡

天籁之音和天籁之梦的地方

我不得不关上了纱帘和心窗

歌声依然守候在我身旁

忽高忽低故我扯嗓

肺活量清脆绵长

乡村的生息模样

宁静难忘

【金影悟语】

我将春心托明月，明月何时照君还？清风许我清明时，万里清风万重山。

山几重

山几重　水几重
重重山水复几重
重山重水思念浓
思空空　念空空
思思念念空空空
思念浓浓愿相逢

【金影悟语】

分明眼前有离恨，怎教人间无白首？恣情未觉时光逝，秋心方知岁月长。迎着热风，我在夏声里寻找秋痕。

秋水山庄

无声雨夜
无声低泣
再多悲哀
再多叹息
也唤不回曾经
那真实的自己

琴瑟断　知音绝
广陵散尽抚琴别

初心的翠绿
容易欺瞒自己

去畅想所谓的

繁枝的摇曳

中途换来的

是被自然嘲弄的

秋水伊人之谜

【金影悟语】

妒不妒忌，气质在那里；羡不羡慕，美好在那里；是不是非，本真在那里；恶不恶意，本善在那里。

翡冷翠的宣言

如果你爱我
请你给我自由
似行云般逍遥悠游
身影随花瓣在山涧清泉流走

如果你爱我
请你给我自由
爱似风筝般放飞到天的尽头
你不放手　情的这头总牵着那头

如果你爱我
请你给我自由

自由的心　自由的灵　自由的人

如果你爱我

请你给我

自由的身　自由的行　自由的魂

【金影悟语】

众里寻他，拒绝其他，缘于等他。

等　待

一花一树一等待

栉风沐雨身心埋

一春一夏一秋冬

不辞万里缘卿来

花径不怨蜂蝶少

心门自此为君开

吟　新

【金影悟语】

女儿心，父女情。时光易移人，生死最为真。

念亲恩

生我清歌如梦

还尔流年似锦

追忆的六月承载太多

端午　梅子　梅雨

香道　琴道　商道

品人　品性　品情

心迹都在绵延的心雨中担当

担当的六月，担当的雨季

七天前　父亲因疾而终

我没哭泣　唯有这三色鲜花

透过记忆的薄纱心祭

感恩父亲　赐予我鲜活的生命

愿天堂的父亲平安　乐享

【金影悟语】

心不在一起，人在一起，咫尺天涯；人不在一起，心在一起，天涯咫尺。

长相思

长相思　长相思
心悦君兮君不知
长相知　长相知
明月报我君来迟
长相思　长相知
无情岁月有情诗

2020 年 12 月 29 日

【金影悟语】

前半生为别人而活，后半生为自己而过。最让我思念的，一个是你，一个是故乡。

故　乡

请不要给它冠上那么多名
这里只是我的出生的地方
童年的阶梯　儿时的梦想
本真的我出没在这个地方
出去　于是它成为了故乡
记忆中回望里好年好月好时光
故乡，你是我
风过残红落季里
入梦不向寒江里的飘絮
故乡　桐乡
你是我今生今世归不去的远方

【金影悟语】

伤心人想伤心事，总在心伤时。

诀 别

琴断知音绝

芳草流水歇

谁抛红豆结

怎堪零落怎堪折

关山乱云月多缺

人哽咽

别重叠

【金影悟语】

人生美味，感恩自然馈赠。柴米油盐融爱于厨，诗文佐证。不亦快哉。

人生如烹

人生如煮　翻滚

人生如炖　恒温

人生如熬　细焖

人生如爆　油氽

太淡　撒点咸

略咸　放点甜

勿忘　提点鲜

2021 年 1 月 14 日

吟　新

【金影悟语】

把生活过到极致，香脆鸡蛋卷，用心添加，期待融化。

自制蛋卷

捧一页书为导师

撒一把糖粉

磕几个鲜蛋

融西方安格斯黄油

倘若生活太甜蜜

不如掺几颗盐粒中和

将小厮三个小米蕉捣碎

掺和一块儿约了个会儿

于是　于是

跳个春天的芭蕾

蕉香　蕉香

松脆　松脆

【金影悟语】

生活的意义在于琐碎的日常料理和烟火人间的快乐时光——食色杭州。

青笋干炖土鸡

我把三月的清扬
切些生姜
撇去生腥的浮沫
用心　再用心
旋即煮成清汤

将去年沉默的青笋浸润
化开成当前的
那一根根绿嫩绿嫩
剪去些老节
再手撕成条

顺理码作玉女横陈

与吐火一起折腾

约个时间吧

斯文慢炖

扑鼻而来的

是人间新鲜鲜

鲜得掉眉毛的四月份

2021 年 4 月 1 日晨

【金影悟语】

泪雨雨成秋，拭目目成愁。你只知我顾影自怜，未知我因谁这般。

寂寞河边一片影

寂寞河边一片影
夜夜不寐到天明
水溶天色风露冷
知是无人暂留停
自古女子多寂寞
无声作伴常有声

【金影悟语】

入我眼者皆是景，入我心者皆有情。

浣溪沙

鬌年粉影碧桃
细腰柳儿袅
霓裳低髻为谁羞了
落花红小
梅坠悄悄
青青浅草
映成一个好

【金影悟语】

人生际遇总总，相信所有的幸会都是久别的重逢。

寄 情

低吟浅奏
疏影暗香留
相依相守且等候
春归翠陌抚金柳
此情此意绵不休
唤得人间无怨尤

回首往事萧瑟后
抬头盈笑眷明眸
行云流水绕指柔
更无风霜也无愁

吟 新

喜得新琴新曲奏

笑问君知曲中由

浓情万里东风投

赠君一枝柳

飞絮蒙蒙共白头

【金影悟语】

才情不负相思意，魂牵梦绕总自欺，重逢蓝桥同梦语。

致远方

远方有多远　很想问你

远方有多险　更想问你

远方的人啊远方的你

总是萦绕在我的梦里

远方的魂啊远方的心

总是牵引着我的神经

远方的水啊远方的山

是否　青翠依然？

远方的帆啊远方的船

可否　停泊靠岸？

吟 新

远方的人啊远方的你

一声叹息　你在哪里？

【金影悟语】

是与非，非与是，是是非非；非非是是？是非非是，非是是非。

去大理

杭州炎夏苦逼
人生亦不得意
不如一路向西
苍山洱海等你
会苍山听洱语

吟　新

【金影悟语】

曾是苍山零落客，未为洱海入流人。

苍山洱海情

说你有多老　我不信

尽管你的名字称谓苍山

这次来看你

我想你有颗年轻的心

关于你和她的不老的爱情故事

绵绵不绝流传至今

至今

苍山洱海

你正当年轻

她正值妙龄

四季盛开的花儿

错了时节开个不停

就像那些远游升腾的云

再远的旅程都有颗纷纷归来的心

这头牵挂着父亲

那头依偎着母亲

仿佛

人世间所有的幸福

都永远在这里驻停

2020 年 8 月 9 日

于苍山洱海希尔顿酒店

吟　新

【金影悟语】

我始终相信，人间值得等待，我在这里一直信赖，你在那里许我未来。

你是怎样的光芒

你是怎样的光芒
迷雾中闪烁希望
黑夜从此不漫长
把我的人生照亮

你是怎样的光芒
指引我前行方向
寂静中生长渴望
抚慰我心不荒凉

你是怎样的光芒
召唤我远渡重洋

见我梦寐的情郎

呵　亲爱的情郎

请教我如何

把思念的狂浪阻挡

吟　新

【金影悟语】

我把光阴给了等待，你把成全给了释怀。时间是最真的告白。

再见　莫斯科

你说到那时边境一开
希望我偎向你的怀抱
你总一厢情愿地认为
你是我难忘初恋的人
你也说你能给我的爱
足够我幸福一生
可是我不能当真
也不可以轻易投奔

你是了不起的战地英雄
但你不是我的心上人

你总在我的心中停摆

再好的别墅　车子

够用的司机　保姆

还有你足够的光环

如你家旁伏尔加河流淌

无法让我安然成为女王

我想我唯一能捎给你的

是多些祈愿与祝福

除去你对我欢喜的皮囊

你尚缺一颗有趣包容的灵魂

倒是你那初衷的爱慕

足够让我回忆一生

2021年1月23日清晨

吟　新

【金影悟语】

风物俱佳，信手拈来，遂可构思，一桌美味。

风雨欻至

一切都是过场

你落下的速度

我接纳的态度

你切片的风度

我煽炒的温度

一切都是锅铲

烩出你的张扬

吐露我的芬芳

闹腾你的梦想

煮沸我的痴狂

倒不如撒欢吧
请多给点颜色
请多给点清香
请多给点光芒
请多给点雨样

甚至多给点
摇曳的风
甚至再多给点
风雨欻至的畅想

2021 年 6 月 3 日

【金影悟语】

在闲杂戾气的欢腾里，我选择抽身离开，特立独行，坚持真理。

相轻社

耐着性子
且保持平和
看他们跳
观她们闹

一群跛脚鸭落汤鸡
哇哇喳喳咕咕叽叽
失望失落失魂落魄
错落有序一场闹剧

无度的妄想挥霍的急

无限的揣测心魔的气
作祟着竭力撕扯的迂
且不说且不与且不计

看它们折磨继续
反观扯虎皮拉大旗
我只能抱以
呵呵与好奇

好一出轮番串演
争风吃醋宫斗戏
可惜　可惜
这里是文人相轻社

末了　脑海掠过四个字
小丑而已
呵　再添八个字
成事不足
败事有余

吟　新

【金影悟语】

忧愁是女子天性，沾袖多少清泪？

情　怨

世间情劫万千
红尘梦里缠绵
天涯过客云烟
爱恨离愁尝遍

四季繁花倾颜
飞绪落笔纸间
自此执念心田
折煞相思无眠

奈何情深缘浅
清风顾影自怜

多愁自古情偏

写尽东风无限

吟 新

【金影悟语】

女人，愿你有春的天真、夏的热忱、秋的缤纷、冬的坚韧。

爱

当一个男人爱上女人
爱是本分不爱是情分

当一个男人爱上女人
你的生命是如此天真
两颗彼此考验的灵魂
爱的诺言请继写完整

【金影悟语】

假如能把思念传递，不枉如此一页含啼。

很想你

我必须

将此刻的思绪告诉你

我很想你

而你却遥不可及

我很想你

却又不知该如何爱你

我很想你

真不知

彼此的爱要如何走下去

我真的很想你

却不知

如何将爱经营到底

我真的真的很想你

却不知

如何将爱根植到泥土里

就如同这玫瑰含刺带雨

轻问一句

你将是我的幸福吗

【金影悟语】

汝万不能相信、切不可以托付给一个谋生、谋爱能力都无法保证的人。

天 相

熏风至

濯雨凉

夜短昼长

报以琼浆

拟约佳人赏

水旦旦

天朗朗

忽见日月光

云涌金边镶

幻化踏白马

喷光芒

骤现金山

友啧称奇

惊呼曰

瑞吉天相

嗟呼

惟觉似故乡

思乡思乡

试问何人

身处此境

此境应是吾乡

【金影悟语】

我在人间收集完美，只为觅得真情况味，终将奔去与你相会。

相　约

浅浅春水清清风
树树云鬓春意浓
杯杯解愁玉玉容
念念繁花盈又送

【金影悟语】

一阵花香，仅一时乐赏，若袭一世异众芳，则人生徜徉。

合欢花

生如夏花
莫辜负了她

朝展暮合，相思若她
朝刻了夕，日磨了夜

羞答答　怯答答
相思落我家

绒花锦绣连理织
长梦还短，濯雨花湿
正羞闺心事
朝云暮雨，无限春痴

卿作盛夏断肠诗

六月盈盈，三更密密
一诺戏语，轻自负
怎寂寥夜，也曾　风雨同心
春痴扇形叠　轻蹙眉道谁怜
随风浅笑，亦怀春景
身远清新　皆以　付著闲诗
娇承欢夏，昼仰苍穹
夜合幽香，良人未深情
无限心事，独疏疏自吁
造化弄影，清枝可依?
泪涟涟　何日圆?

轻言后约自轻负
恳顾、可顾?
欢梦如初

吟　新

【金影悟语】

女人，你有足够的资本，努力再努力地去找寻你的生命里的那个最好的良人……

遇见爱·爱的等待

爱的等待真有些残忍
若相爱就该让爱快乐
无数次询问自己内心
如此等待真会快乐吗

浓浓守候与无止思念
用苦涩的时光来堆砌
一层层一块块一岁岁
莫不是磨蚀青春年华

如果这般去苦苦相守
也能算是相对的得到

莫非耽误了才觉遗憾
或者遗憾亦是种耽误

既然不能给予全部爱
为何不洒脱彼此放手
不算太晚放弃了希望
抑或错误地将爱存享

令女人恒久与你暧昧
是男人欢愉之成就感
也许造物主太过自私
也许曾经的爱已消逝

皱纹驰骋和容颜苍苍
后来的后来是否只能
以不堪的光景去面对
或许守望　或许遗忘

散文

【金影悟语】

只不过过得如诗如画，任人猜想罢了。

她

她的外婆是江南名媛，

曾是上海翁姓医生家的少奶奶，

奈何，岁月动荡俨然粉碎了春梦。

她，曾是浙江广播电视集团主持人，

不偏不倚，表里如一。

她，杭州千禧年公益金牌司仪；

她，2006 年飘然辞职；

她，2007 年著书，厦门大学出版社出版《品牌智胜之道》；

她，2008 年闲修北大奢侈品管理专业，

不为高管谋高薪，只为悦己而践行。

她，也曾在央视法制专栏工作三个月，因不适北方气候，

以永远选择生活为由，回归挚爱与家庭。

她，2015—2017 年旅居、游学美国，从此把美国当成第二故乡。

有人说她是不食人间烟火的仙女，活在自己的世界里；

有人说她是作家、是诗人，欣赏她的字字珠玑与散文文风。

而她，却说她是个散淡闲人，打理花草、躬耕三分农作，

乐于厨房、家常美味，带着思想去践行，去叩访人生。

她常醉心于慢生活，爱古董收藏、研珠宝时尚。

夜深人静己清新，众人皆睡伊独醒，

一茶一咖且一趣，一起一坐已余半生。

亦如她的名字一样——金影，女儿却惯称她为金影小姐。

诗情画意、情义一生，也许，正如她说的：

只不过过得如诗如画，任人猜想罢了。

【金影悟语】

女人最大的幸福莫过于遇见非凡的爱情和收获圆满的婚姻。

我的天真征婚启事录

A：品质？品质！品质……

众里寻他，缘于等他，拒绝其他。

在这千年等一回的西子湖畔，在这被马可·波罗赞誉为“东方华贵之城”的地方，一幅描绘四代女人梦想的画卷正在展开……

B：缘于未经世事时，外婆未了的半生姻缘、一个女人的上海少奶奶情结，而今报答，只为还一个20世纪20年代末东方摩登时尚岁月里，民族实业资本家和300年修来的气质优雅女人的注释，以及她和她前世今生的夙愿。

苏州的童年，农村的少年，杭州的奋青，没有边界、没有指引，唯有忠于直觉和勤奋思想，从历经三年幼教播音、十三载广播电视主持，远离高蹈纷扰，归隐散淡，真实演绎生活。

渊博的知识，儒雅的风度，君王的权威，即心向往之的浪漫情怀，深知君因卿而生，卿因君而存。

C：广播电视十三载，辞职隐退赋闲居，以全情照料三岁幼女为己任。曾主修播音主持、汉语言文学、经济与行政管理，2007 年著《品牌智胜之道》，2008 年修北大奢侈品管理，职业不欲己求人，个性包容豁达，骨子自由完美，思想浪漫骄傲，行为矜持敏锐，居家巧妇，出行贵人。

若只是传说，则心向往之；若太尽完美，恳请勿暧昧。太品质，所以真难寻；太浪漫，所以更孤寒。众里寻她，几度芳华，三百年修得优雅气质，悦耳莺语绕梁三日，简显深邃的思考；奇葩误落凡尘，非凡夫俗子所能拥之，更多时邂远观而不可近得焉。待有气度、有风度、有高度、有厚度、有温度、有深度、有广度的绅士共度此生而生生不息……

二恶：烟者，酒者。

三生：你生，我生，我们生。

四具：身，心，灵，物。

四我：懂我，爱我，疼我，宠我。

五美：美食，美居，美服，美人，美景。

七度：气度，风度，高度，厚度，温度，深度，广度。

六不往：工商，公安，检察院，法院，税务，城管。

六不嫁：为官重禄，奸商牟利，灰色漂洗，无良行医，深度近视，职业营销。

要求：双学士以上，事业有成之仁德君子。非优勿扰。落日熔金，瑰宝。

征婚到此完美谢幕！

依本清香悠远，何必招蜂惹蝶。守得冰雪皎洁，不辞万里卿热。

【金影悟语】

生活，若各怀心腹事的话，接下来日子不会长久，也过不下去，更谈不上“幸福”二字。

江南春城

一冬的冷雨与此时的土地探讨了一个深刻的话题：尽管是傍晚的六点天，怎生得不黑?

日长夜短知是春，春宵一刻值千金，驱走了积聚的阴霾，仿佛换来一夜的明媚和满眼的青翠。江南的金柳也赶着趟似的争做初春的新娘，不消三五天尽绿了罗衫……

庭前的红梅着实是把佳期误了！这不，冬雨时节不开，春寒时节不开，却偏来相互取暖，似桃非桃，灼夭五瓣。猜想要不是天破了？沉沉的冷瑟，朗朗的炎热……莫非这四季的更替亦如这世道的裂变?

万物变了，人心不变么？江南春早！

【金影悟语】

岁月不居，人生如旅。让心灵之旅镌刻在流光中诉说、流淌……

让心灵去旅行

静静、静静地遥想许多。可还未将陈情往事的思绪一股脑儿打包，同学李宗翰来电，问我近况可好。

原来，他昨夜梦见我凤颜大改，去整容动刀……在他看来，我把福相都整没了，着实没以前好看。于是今日，赶紧拎起电话……呵，好在原来是梦。

他说自己正在江山拍戏，让我别去探班，怕看到他们的苦演行当、大把的安眠药，我会难过，还是过阵子到杭州来看我吧。李宗翰鲜有绯闻，属演艺界为数极少的自律者，是我最谈得来的同学之一。

骤然想起，他是个会祝福却从不参加朋友婚礼之人，而我是个只心祭却从不参加丧葬之人。小时候目睹过农村的出殡，恐惧灵魂出窍，故此，我极为心惧此种场景。我对逝者的观点是：在世时对他们好才是真好，至于死后皆无所谓了。

又值春夏交替，自然我想起他渐老的父母，记得去年的今日正是我接待一路同行同住，相谈甚笃。难得有如此开明之梨园世家父母，真希望叔叔阿姨今年会同来。

演绎生活的纯真、纯善、纯美是我心向往的归属。未若，让心灵去旅行！乘兴，携小美旅行！

【金影悟语】

偏安一隅，保持一颗天真的童心，葆有一颗母爱的仁心，此谓真趣。

那年花开

2016 年的江南，与无数烟雨中的“仙客们”擦肩。从湿湿漉漉的五月，滋长出六月的热捂与潮闷来。两个月足量的雨季，好日子都浸溽在了雨里。

南方的雨季像极了南宋歌伎，要么下得极致，要么下得缠痴，情貌相似。对于光阴，我从不抱怨，雨天向来如此，坦然接受，这般的心安。一如匆匆建都的临安，图个“一时之安”罢了。

这等光景和月历，无心世事，只管打理自己的园地，倒也是一种乐趣。晨昏理花事，守得清香来。蝶也恋花、蜂也纷飞，惹得邻居阿姨啧啧称奇。还有那，像拍了粉似的艳娜，每天多看几眼也是享受，于是分了盆，也被讨要了些去。这花也跟人似的亲，似乎觅得了花语，懂得了人心。那些花儿相互攀长，芬芳竞开，袭一身粉装嫣然而来；枝条儿伸展招摇生长，一小枝的怒放竟达 16 朵，心疼得我真怕累了花儿，所触之柔软总生出凋了碧叶、瘦了形骇的爱怜。

好歹云开雨渐散，光阴消磨得快。庭前花开花谢，人生潮起潮落。平生若无忧扰，便是人生佳期。从此，平添了一份回忆——我总记得，那年花开……

吻你。

【金影悟语】

做男人有情趣，方不俗；做女人有志趣，才高雅。

天道酬勤

一日，风格先生饭毕，闲步庭园。见仨民工，好奇左邻之装修。趁兴与交谈，民工曰：“家乡某地，几人抱团来杭打拼，为创一番事业。”赏其抱负，心生励志之念，先生曰：“阿拉年少家贫，故十二岁始学做生意：挑泥螺于巷卖，曾被犬吠，惊砸罐缸，螺洒一地……后饥昏，得一老妪赐半碗薄米稀汤；又曾青年河中抬取条石，拉人力手推车徒步送柴及杂物上山几十里，陡途滑坡，险送命归西……吾今之福，全凭当年耗费蛮力，谋求发展，半世艰辛，遂成集团塔瓴……故吃苦、能干、巧思者，必可自僻天地，汝等安得信心乎？”言毕，只见三人羞怯媚笑，讷讷语拙，未知此三人果有缘、有幸乎？先生又曰：“吾有一书相赠，汝等闲暇可阅，此书记述吾孜孜奋斗之曲折历程。喏，如汝所见，此别墅可表吾财富及成就之缩影，吾有今日，全凭个人奋力、勤勉及艰辛。汝等今虽贫，日后未尝不可及也。”先生遂上楼取书，一民工后生雀跃先行，另二人亦急趋赶上。先生于阳台掷书，若掷千两黄金，三人俱举臂争夺，如获至宝，言谢而走，或将信将疑，今日乃见神仙邪？翌日，吾随先生并走，闻其事，悉入耳，随思随想。忽心生仰望，忽怅然若失。心念：“莫非此仨民工实属开悟？顿悟、渐悟抑或执迷不悟？”若果，能读之、悟之、行之，乃不辜负先生之衷愿也。

神来、气来、文来，十五分钟即兴，不亦快哉！

2019 年 12 月 8 日

于太守名府

【金影悟语】

你是如此清新与美好，我将如何爱你？抬首于尊、低眉于真。

致小美的一封信

小美：

成长快乐！

娘一直想写点什么，跟你文字对话，即便你现时才认了近两百个汉字。要知道你，一个三岁多的幼童，用特殊的符号，已认真写给娘四封信了。尽管娘看不懂，可你读得却很认真。虽然只是两句长长的话，但是每次你都认真装进信封，并写上“金影收”。每每你打开，用稚嫩而清脆的童声念给娘听，此番情形，足以让娘内心柔软，眼中噙满泪花。

伦敦奥运会开幕了！弹指一挥的这四年，是你我彼此相守成长的幸福时光。娘将拿什么作为你的生日礼物呢？我想，这，就算是给小美开启人生的薄礼吧！

2008 年 8 月 8 日，我的奥运宝宝诞生了。你就是天光的明媚，是我内心的骄傲，这个世纪的符号将陪伴你一生。四年，四个春夏秋冬，四乘三百六十五个日日夜夜，为了你，娘曾有多少不眠的日子！现在，聪慧灵秀的嘉影四周岁了。

【金影悟语】

离得远，想得近。小美是娘相依相伴见证的另一个童年成长的自己。

小美：吾爱，午安呵！

小美：

吾爱，午安呵！

此时此刻，或许你在午睡的梦乡，或许尚在打点滴。也许你还不知道，也许你已能感受到，娘内心不舍的痛和纠结的酸。

你常常跟老师说，“我想妈妈了”，而且非常想！尽管你已不一般的懂事。

这两天让你受苦了，估计饮食的问题，以及老师阿姨管理系列衔接不畅，让你肠胃伤得不轻。娘的内心何尝不在受煎熬。但娘还是微笑着对你说：“勇敢的女孩，这没什么，不是吗？”我们一起唱：“她说风雨中这点痛算什么，擦干泪不要怕，至少我们还有梦……”

娘也常常在思考，把我的美美全托在幼儿园是利还是弊。

【金影悟语】

一瞬间的感慨最真实可贵，人生无须彩排。

小美语录

1

妈妈，新闻都是真的，动画片和放出来的电影都是假的。

如果新闻都是假的话，那么这些人真的该死。

（2013 年 6 月 14 日晚，一字不落实录下来，不亦快哉！）

2

“今天是个好天气，我的女儿要出嫁。

老鼠村里我最美，猜猜我会嫁给谁？

我不要别墅和洋房，我不要奔驰和宝马；

我只要一个最有本领，最强大的他。”

妈妈，妈妈，赶快帮我记录下来。

（2013 年 6 月 28 日傍晚　真情实录，不亦快哉！）

【金影悟语】

善心做人，真心写文，潜心做事，品行处世。

母女对话

嘉影：妈妈，下个礼拜四家长会你去不去？

金影：你怎么想？

嘉影：我呢既希望你去，又怕你来回跑太辛苦了！

金影：嗯，有理，你知道妈妈不喜欢在校门口堵堵挤挤的，所以把你送进寄宿学校。

嘉影：对极了！校门口路堵了、车堵了、人堵了、心堵了。

金影：是噢，我正犹豫呢……

嘉影：妈妈，那我们省一张高铁票给春运需要回家的人。

金影：有道理！

嘉影：妈妈，我知道，你是一个美美与共、和而不同的人，这就是金小姐！

金影：其实不然，说真的，你的主课成绩除了英语侥幸外，语、数怕是挺危险吧？尽管学习是学给自己的，我也丢不起脸哈……不管怎样，请记住你小时候妈妈常说的一句话：妈妈在与不在一个样。也要感恩每个礼拜一舟妈妈和司机来接你，我很放心。

嘉影：嗯，谢谢妈妈。主要是你来了气场太大，因为那天是我主持，我会紧张的。

金影：对噢，那你尽情自由发挥吧，免得我挑刺。

嘉影：金小姐，你放心吧。我不会因为你不来而伤心难过，无论你在与不在，一个样！

金影：有点像我了。喝杯咖啡去！

2018 年 2 月 6 日

于太守名府

【金影悟语】

过去总觉得自己还小、尚年轻，而今再叫一声爸爸，已变得如此奢侈！

父爱如山

父亲病情维稳，前天终于出院。实属意料之外。感恩上天顾念，感恩所有的一切，我心祈祷的又一个奇迹！

记得二十多年前，江南农村初春的夜晚，扛起全家重担的父亲在第二次盖新楼房即将竣工时，半夜把我吓醒，上吐下泻，消化道大出血，入院输血无效，一入院就是好几个月。于是所有的家人都忙碌起来，奔波在向亲戚借钱与医院之间。年少的我孤独地守着，怕偶尔传来一些不好的消息。我心中的整个家都崩塌了。专家会诊，确定父亲为不治之症晚期。

看着食橱里一碗碗祭祀过的食物，便生出一股恶心来，晕了过去。醒来，发现自己坐在厨房冰凉的地上。于是我又来到晒谷场上，倚墙望天，像平时劳作好小憩，与天爷爷对话："天爷爷，我愿意用三十年的时光换取我爸爸金子荣的十年！"

我常常把天比作爷爷。少年的我无论是快乐的不快乐的心事，都会和天爷爷对话，明白的或不明白的都会告诉他，无论在种完田，采好桑叶，晒好稻谷，捆好稻草，芋艿水稻田间钓完田鸡，或是春天起好新鲜的榨菜，仲夏的傍晚割好满满的湖羊草，深秋冻僵的双手摘下一天杭白菊，空下来，靠着父亲当蚕桑队队长建起来的县里第一个生产队集体楼房的墙，迎着吹来的四季的风。

或月明星稀的夜晚，或繁星满天的仲夏，托付清风、朗月。春日里的艳阳，田间弥漫蚕豆豌豆滋长的清香；新楼下搭窝的春燕，染指甲的凤仙花，家门前的五月桃；秋日里稻田的金黄，中秋蚕食桑叶的沙沙声；攒两小瓶冬日里的雪水和着初春的梨花水，把"不老"的秘方深埋在秘密地方的泥土里；还有，抬着头说着遐想着，童年抹不去的记忆里一直萦绕着那个场景：那时的湛蓝天空出现了银色的筷子，银色的塔，那天的天空里，我对着他歌唱……

半山肿瘤医院保守治疗三个月后，有一天某位主任医师告诉父亲：其他医院都确认你为癌症是吗？我现在告诉你，你得的是胃溃疡大出血。那年，父亲才四十多岁，正值壮年。

时间一晃就近三十年，父亲一直很健康。我的个性像父亲，是个敏于行、讷于言之人。父亲是个全能的好父亲，杭钢炼钢的班长，为了婚姻而放弃了当时的好前程，当过民兵连连长和团支部书记，能当着全县两千多人做蚕桑先进报告会，当生产队队长兼会计，种田插秧超快又整齐。做得一手好饭菜，逢年过节时还会捏各式动物糯米糕。带小孩比妈妈更细心。秉性随和，正直，正义。我跟父亲之间，不需要更多的语言即可心领神会，我几乎每一个决定他都会默默地支持和赞同。

父亲的三次流泪。如果没记错的话，一次是我四年级从苏州回乡下过年，决计不做城里人，愿意做农民，他扛我在肩上去亲戚家做客的路上流泪了。要知道那时的我五六岁跟外婆生活，一年才能见到朝思暮想的父母一回，一离别就是七年。第二次，应该是我出嫁的那天，据说那天父亲想揍他。父亲悄悄地流泪了——这是多年后，同学告诉我的。第三次，也就是2012年春夏交替，我坚持到不能再坚强的脆弱之时。从不打电话的父亲来电问我是否有事，因为他梦到我变得从来没有过得不开心，独自走来走去阴沉着脸不说话，所以不放心我一人带女儿。我电话里一再说，一切都好，不用帮忙。第二天父母到，当晚，再也撑不住的我被送医院急诊，在我从来不说痛却在被牙疾引发的痛哭里，父亲悄悄地转过身去，落泪了。

从去年的深秋开始，我怕接到老家的电话。父亲胃部反复抱恙，于是托了关系入住杭州半山肿瘤医院，我是最怕和反感去医院此种地方，为了父亲硬着头皮在小美面前佯作坚强、勇敢的样子。约见主任医师做了有效沟通，全程托付，尊重医疗 A、B 方案。见好，渐好，出院反复发作。上月，此状再现，大抵是属于回光返照了——病危，急救，病危，急救……好在意识清醒。携小美赴桐乡，沟通、建议、尊重、信任。与父亲谈话，宽心，上天已经很优待您，多活了近三十年，不用害怕，相信医生，和过去的状况相同，我认为不可能是癌症。老地方、老病，和饮热红糖水有关。

我沉思着，尝试着，无助望天。“天爷爷，我愿意以三年的时光换取我父亲的一年！”

前天，传来父亲出院的消息。愿天下父母有生之年有滋有味，平安、快乐、康健！

我常常跟父亲在电话里沟通：活着待好，是真的好，至于死后都无所谓了！有一天，父辈母辈们终将老去，我也许不会参加所谓的葬礼，那是做给活人看的，那一天的那一餐，真正地把人给吃没了。让活着的亲友们难过一阵子，费神费力折腾，大可不必。我想，他们离去的日子，不如拜托清风送一程，我将随风去远行。

感谢天，感谢地，感谢医生仁心仁术，感谢医护工作者的南丁格尔精神，感谢所有的美好，感谢所有的所有。

活着真好，请让生命多一些奇迹！

【金影悟语】

人生大抵如此，有情调的没钱，有钱的没情调。不要问这是为什么，也许是上帝的安排。

金小姐与风格先生对白

金小姐：老公，我发觉我这两年变笨变傻了，你还爱我吗？

风格先生：爱的。

金小姐：可我记得，自打我认识你的第一天起，你从来没送过我花？

风格先生：嗯……

金小姐：请问你是真的忘了呢，还是真的不够浪漫？

风格先生：侬想想看，女人浪漫是好伐？如果男的浪漫、女的浪漫，那么个份人家就浪哉、完哉、戏哉。

金小姐：无语……

风格先生：我们家里为侬种下了那么多玫瑰花，还需要花钱买？侬要多少自己剪、自己摘，只多不少、侬还欠好啊？

金小姐：噢……

咦，我又被幼年得过脑膜炎，佯称半个脑子烧坏之人反洗脑了？难不成像烧爆掉的灯泡，之后一旦搭上钨丝，会比正常的灯更亮？

看来这辈子买花是无望了！行行，余生就默默、傻傻认命吧！除虫、捉虫、培土、开沟、种花、捂泥、剪花、修花、插花去吧……

2019 年 5 月 20 日

为打发下午茶闲暇且付诸君怡情一笑，

祝各位佳人节愉快

【金影悟语】

万丈豪情千般柔，一海能消万古愁

北山梧桐夜

煎熬的日子，度日如年，今夜，一定是难眠。醉看雨丝缠绵，好一个煞秋时节。雨偏、风偏、心偏，偏扑落在离别落叶前。注定是维系的深吻，注定在浮土消沉。一地金甲，着实是贴根相依，偏明一早儿，扫地的工人亦偏来个不解风情，一窝卷扫，从此，便诀别成了垃圾！和着汽油车胎轧马路的分贝，宁守着仅存的游丝气息，轻声和着轮回的首哀歌，别去、别去，注定哀伤地分离。

风无意挽留残存的枯叶，无情偏来的雨试图将你零落成泥，徒只影孤寂茕囧成落魄……往事如风，真爱如梦。爱需解释，恨无价值，弃的终归是弃，惜的是否珍惜？无声的雨夜，无声的低泣，再多的哀怨、再多叹息，再唤不回那个真实的自己。初心的翠绿，可以欺瞒四季的虐戏，所谓的畅想和枝繁的摇曳，换来的是大自然一个无情的谜。

2014 年 11 月 26 日
于天鹅堡

【金影悟语】

种花我能觅得花语，种植爱情和经营家庭却常常让我陷入沉思。

若 兰

吾与兰之缘，首起舍兰桂花园，又至白云深处幽兰苑，兰香或幽，兰缘匪浅。与君阔别经年，今犹久别重逢，隐眷成疾，久旱逢甘，仍能怜情不减，感悟依旧。所见之处，舒淡卷郁，虽陌而亲，吾心欣然也。

兼修内外功，君子恰如兰。吾爱君之形，广袖舒扬，若神采之须眉；风华流溢，似倜傥之泉流。吾赏君之色，翠叶白花，白龙雕玉玲珑；素心叠彩，庄公梦蝶蹁跹。吾悦君之香，静雅娴宜，欲仿淑女轻颦；幽远恬淡，可比佳茗醒心。吾佩君之骨，神隐谷穴，扶清风而不扬；气行深市，引士流而不彰。

若天可怜见，赐吾兰缘续。兰若生春夏，吾愿为荷仙。伴君千秋岁，尘世涯缝间。栉风心若弦，花梦忖疏浅。吾疼君之幽，君怜妾之贤。卿语若兰芝，沁吾心脾绵。若见真洛神，月踏彩云携。一忘往事愁，星宇共长眠。

【金影悟语】

小西湖是引子，大爱是世界。

西湖百景盛宴

吾纵览大千名胜，唯西湖冠天下。若能残生居此湖畔，常伴春桃夏荷，秋梧冬梅，湖光山色，日月同辉，人生何憾也?

吾将设西湖盛宴于水云间，且邀古圣群贤孟于聚贤亭，谈古论今，诗文磋技，弦乐丝竹，舞美赏景。令伶人抚琴阮公环碧，爵徒醉酒三潭印月，骚客论诗我心相印，墨者品画西泠印社；春赏“柳暗西湖春欲暮”，夏观“接天莲叶无穷碧”，秋望“梧叶新黄柿叶红”，冬览“珊瑚树碎满盘枝”。真是酒入豪肠，诗吐盛唐；天地长久，岁月悠悠；与君共席，四季轮齐；风霜雨雪，醒枫眠竹；天涯独月，时令观景；美酒香车，西湖绝色；百景如宴，湖明山前；把酒言欢，不醉不还。噫，再行琴棋书画，诗酒花茶，人生八雅，乐复何加?欲与君享，红袖添香。

三秋桂子，携一城馨香龙井问茶；十里荷花，揽一湖明镜虎跑梦泉。茶经相问，穷思皓首，指天道地，谈笑风生。正是“花圃间内填花词，虎跑泉里品茶诗；花港观鱼余兴致，竹林松涧淡生死。”且品且谈且行，西湖风光无尽。又宝石观流霞，气色满乾坤；孤山放鹤亭，叩访一片云；朝踏烟柳浪，晨闻莺轻啼；涌金门前过，复行白苏堤；跨六吊拱桥，观株杨株桃；升青涟白雾，觅桃红柳绿；采曲院风荷，摘莲房婆娑。

九里松下，摩崖石刻参禅访灵隐；一线有天，文殊洞下抬头望光阴。不见天日，但见天光，一线天目，醍醐灌顶。忘天忘地忘本我，忘情忘忧忘相思。好比“谁知绝顶千寻地，只倚孤悬一线天”；山外青山楼外楼，忘忧天地只因缘。只缘身在此湖畔，不羡鸳鸯不羡仙。漫行云栖竹径，坐看云卷云舒；徒步十里琅珰，俯瞰梅坞天竺；九溪十八有涧，龙井名村种茗茶；雷峰夕照无限，六合登高望远；玉皇山上，看紫来洞揽飞云；钱江潮头，观五代钱镠射潮；太子湾畔，南屏晚钟醒莲心；万松书院，书声枕潮话梁祝。

声声幽幽琅琅，生生不绝不息。然，西湖百景如宴，宴终有毕之时。呜呼，人生匆匆，如驹过隙。纵西子美绝天下，亦不免千年一叹：长桥不长，断桥不断，净寺堪净，灵隐还灵。

【金影悟语】

生活，从不曾刻意，只是多用了点心。

江南的菜

江南的菜，恰如清明前的春。

嫩嫩的江南，鲜鲜的绿，丝丝的清脆甜，似乎总夹带些许糖醋味，偶尔也添些豆瓣酱料。从迷蒙清淡、浅浅的糯米酒糟微醉中，和蒸着江南鲫鱼的姜片飘香中醒来，夹一筷，清清爽爽。唇齿溢满汤汁，私填辘辘饥肠，那口感，那消遣，犹如带不走的故乡，终生难忘。

吃不厌的南方菜，就像吃不厌的话梅橄榄。无论走到哪里、身处何地，都让人回味又时而不得已餐餐想念，如同想念那江南女子般柔和、细腻捉摸不透的温婉。露一小手，如此家常。不油不腻，清清淡淡中，滋味怡然。

倘若，慵懒的午后，衬着明媚的春光，再沏一杯明前的龙井，是何等的惬意！看着瓷杯或玻璃杯中二叶一芯迷人滴绿，在滚滚人生中浮浮沉沉，又弥散开去。加之那沁心润喉的香，足以深深呼吸，进而绵延思绪。

江南的菜，犹如江南的初春，没有蛇虫百毒出没，没有红五月的艳俗竞繁。春寒料峭中，总是那么的柔粉、嫩绿、鹅黄，还有那天真一样的洁白。

回味江南。

2015 年 3 月 24 日

天鹅堡

【金影悟语】

世间万物皆有灵性，花草树木、鱼虫虾蟹皆可盛引召。

金蟹岛

春秋初，平王东迁时，渤海西有千岛，十年中相继没，唯余一岛，唤“鱼仙岛”。流亡渔人皆上岛，安定家业，又廿年。鲁隐公三四年中，某渔人入海，三日归。悉数点，捕鱼蟹七千。大至巨鲨，小至贝螺，其间有金蟹，似不同常物。捡细观摩，其鹅卵大小，长螯短足，忽行速奇捷，忽定如玉磐，偶发金光，不论昼夜。渔人大喜，视异宝，遂置供台，连日礼拜。

百姓闻讯至，众皆奇，亦拜。然人多性杂，走漏风声，时过半月，官府寻访至。正欲拿，金蟹鸣，双螯合，呈僧礼状，竟口吐人言，其状可怖，众人退散。有胆大者，闻其言，后录册之。

概云：

“吾乃大士净瓶中一叶，起私念，遂落渤海，成小蟹。万年间，渔百回，皆入人腹，满其欲。此乃劫数，不可论数。然，吾当告，天下生灵，同根共母，切勿杀生，因果孽造。今汝为渔，生杀予夺，晒腌烹煮；下世为鱼，亦为渔捕，刀俎之下，诸感具受，不可逃也。故听吾之言，勿杀吾宗，勿食吾族，苍生若汝，天下同宗。”

或问曰：“世代为渔，不渔何为也？”蟹曰：“弃渔归农，是为上。”众跪拜，只闻：“吾今已劫满，去也。”及抬首时，金光一线，冲出穹顶，再看供台，了无一物，众皆感化。未几，群渔离岛，谋生他处。

后官诣太守，达天听，上下诏，封“金蟹岛”。惜岛空邈，诏无人领。又十年，金蟹岛沉。相讹，没浪滔天，竟七日未绝，直至千鸟过，巨阳升轮，海平复如镜。

【金影悟语】

此地风光不再是，请相信远处，定然有更美的胜景，记得，移步、前行。

待你如初

不经意入住新新饭店翡冷翠的一夜——“轻轻地我走了，正如我轻轻地来。”

这是徐志摩曾作为翻译，陪同泰戈尔游杭入住九天的房间。据悉，徐才子因此写下了声情并茂的《西湖记》。位于和庄四楼的小阳台临湖，推西窗，有孤云草舍、静观堂和上海申报报业巨头史量才的秋水山庄相拥。东隔壁间是胡适先生入住的藏晖室，及蔡元培先生入住的大学者房。缺憾是房内空间局促了些，酒店隔音设施欠佳，北山路车马声不绝于耳。

初恋地、婚礼见证地——新新饭店。阔别 20 年，西湖山水还依旧，而今又添晓风书屋。

人可怀旧，不可恋旧。

2018 年 4 月 20 日

于新新饭店翡冷翠名人房偶记

【金影悟语】

不是不在意，只是故作潇洒，恰是给自己个台阶下。

重游厦大：凤凰花开

岁月给了我们温柔以待的时间，而我们，渐行渐远。凤凰花、三角梅随处可见，厦大，我永远难忘。

曾喜欢踩着干净的沙子路，去数归来学子捐赠的一栋栋楼；曾喜欢看满头白发的学子们欢聚一堂，挎着名牌包优雅得体的大方；也喜欢清晨淅沥小雨，中午蓝天白云的宁静；更喜欢听某人述长似张曼玉的女生在校园的路上，带上一众学生捧着鲜花倒追男老师的境况；也曾听某人讲今夜电话哼着《明天我要嫁给你了》，而明年她不是他的新娘；也曾共发誓视金钱如粪土，鄙视庸俗、自命清高的种种过往；爱情谷、宿舍、寝室、出西门的幽静南普陀寺，以及对寺门口好吃的净素，一马路之隔的南大海三百六十天可游泳；九龙塘海鲜、海蛎煎、姜母鸡、土笋冻、沙滩烧烤，已不复当年。

2019 年 12 月 31 日

于厦门大学

【金影悟语】

白无常，黑无常。除了坚强别无选择。何必怨，活久见！

活久见

今年南方的阴雨、阴冷天比往年多绵延得多，都三月底四月初了，初听到一夜的惊雷夹雨。没记错的话，三天前的临安、安吉、四明山里又下着雪，此番折腾都跟乱象丛生的惨白、惨淡不无关系。

有关风花，有关雪月，似乎昭示或祭奠那些曾经美好而不幸的遭遇与痛楚。有时候，鲜活的与僵死的区别在于色彩的灵动——随风飘逸与落寞孤寂。

关于那些春花及落英忒像出殡丧葬的纸糊树，或如撒一地的白纸冥币般，惨白凄舞，又无色无念、无嗔无痴、阴阳散场、地狱天堂般戛然而止。

白无常、黑无常，鬼出没。一夜缟素，哀声恸天。除了坚强别无选择。何必怨，活久见！

2020 年 4 月 3 日

草作于姚江畔

【金影悟语】

人人觅得花香处，未知识香有几人？

闺人桂语

人生快意，蘸取少许，历经春的妖娆、夏的热烈、秋的内敛，闭门谢客，谢敬江湖，咫尺天涯，宅居香茗，细品人生沉浮，玩味。参悟百媚千红，唯霜降前后的景致情有独钟，唯内心深处，悟得浓郁淡雅皆相宜，娇媚不骄纵，迎合不迎奉。

走过三季，都是内心深处自然流露的遵从与从容。掠过春的妖娆，历经夏的炙烧，弥漫秋韵含蓄味道。园间数颗桂，足以慰我心中风尘。

2019 年的桂香秋景，描摹与赞美之词总是显单薄了些，用无法形容的可赏、可食，可沐、可思，可沁、可噬骨的酥，不足以释解。人人觅得花香处，未知识香有几人？

北方初冬寒嗦，南方秋光正好。忽儿唤金我跟前，不甘平庸也觉甜，摘得黄金碎片片，撮以冰糖与蜜饯，留卿入室赏一年，再学古人卖酒钱？念去去，皆浮尘烟云过往，留二三杂想心间，江河日落，青山淡远，白露叶尖，繁星天边，秋意绵綖。自在光阴一片，此事无关风月，深秋露华浓，玩味那些花花草草喵喵闲仙碎事。

【金影悟语】

学会感恩，感恩我成长在有韵、有爱、共情的音符里。

琴 缘

记忆如流水，时光难倒回。

记忆中，我七岁入幼儿园。那年，知青下放的母亲也煞是花了些心思，为了不让我待农村，决计做城里人。

通过母亲的小学老师——后来的中心幼儿园园长给了我入考名额，母亲躬身践行为人母、为人师，来个临时抱佛脚，两天应急考前辅导 aoe、10 以内加减乘除，我以 37 分成绩入江苏吴江盛泽中心幼儿园。

计划经济那年月，母亲把从口粮节省下来的浙江粮票兑换成江苏粮票都是件困难事儿。从电烫头发到花底裙子、黑皮鞋，再到粉色西湖扁圆的塑料带水壶，配上每年积攒的手工打的粉色毛衣，我们娘俩一番拾掇，倒像极了城里人。

记得每天随着老师的踏板风琴声，唱着“花园里，篱笆下，我种下一朵小红花。春天的太阳当头照，春天的小雨沙沙下”的《小红花》，排队拉着小朋友的后衣襟，踩着弄堂石板，由老师领队挨个放学回家。

记忆中的13岁，石门中学音乐课老师脚踏风琴上音乐课《红衣少女》“闪光的珍珠”，除了会哼唱歌曲，心底萌生“我要学会弹琴”。

17岁上语言课、键盘课、声乐课、舞蹈课，课间同学们在窃窃私语班主任结婚的嫁妆是攒了几千工资、几乎所有青春积蓄购得的一台钢琴……呵，多么幸福。于是，憧憬着未来。暗暗发誓我未来嫁妆是钢琴。我什么都可以没有，人生幸福莫过于一架钢琴。

时值27岁，当人生有了第一套126平方米的杭州西湖区兰桂花园按揭商品房，房里最贵重的嫁礼就是从天目琴行亲挑的黑色亮漆的施坦威立式钢琴。诚然吟唱相伴六年时光。

后来在如火如荼的置换潮里，连同房子装修带家具一并卖给了喜欢的买家。于是舍近求远，以时间换空间，买了二十公里以外的双联别墅又启琴缘。2007年从珠江三毛琴行觅得的限量版立式白色欧式版钢琴，相对国产珠江钢琴，音乐欠逊进口原版的雅马哈、卡瓦伊、英昌，局限于性价比及囊中羞涩，退而求其次，外观时尚、限量白色，欢欣喜悦。

此琴也曾陪伴女儿练声考级，相伴我情愫依依。搬迁安家多回，依然不离不弃。

十年一梦飞絮，犹似西湖燕去。十二年一纪，蓄力一纪，可以远矣。有琴、有心、有声、有律、有韵、有爱……2021年，我以新琴开新序。

【金影悟语】

不让你的眼睛，流露太多忧郁和哀伤。

示　人

亲人故去百日哀，

七分人祸三天灾。

春暖花开曈曈日，

多少哀怨心下埋。

逝　人

久居家中不自哀，

虐起荆楚病与灾。

安得天下康宁日，

故里清明新坟埋。

2020年的春花，我是一直不忍直视，以及去拍摄它……因为，在我眼里心里满脑子是祭奠之花。时不时常常问自己，烟火气、空空虚，昨日有恙、今朝往常？何必多想、何必彷徨……

今年南方的阴雨、阴冷天雨伞上有雨滴，相比历年特别多，都三月底四月初了，仅听到了一夜的惊雷夹雨。没记错的话，三天前的临安、安吉、四明山里都下着雪，这些都跟乱象丛生的惨白、惨淡不无关系。有关风花、有关雪月、昭示祭奠那些曾经美好而不幸遭遇与无辜痛楚……有关鲜活的与僵死的区别在于色彩的灵动，随风飘逸与落寞孤寂。那些春花及落英忒像极了出殡丧葬的纸糊树、撒一地的白纸冥币一样像鬼魅，凄舞得惨白惨白……无色无念、无嗔无痴、阴阳散场、地狱天堂的戛然而止……一夜缟素哀蜉遍，天意难违、造化弄人。除了坚强别无选、它无怨。

【金影悟语】

邈然高蹈，合乎我愿。

优昙说

人间花虫鸟兽，同道者凡几？清张鹭洲作昙花，猊床象座，倏忽恐归忉利。余慕昙花之生天品而妙绝，置孤影而不哀，素妆敛容，非夭非灼，隐身藏嗅，遗世独立。其高远岂为人间物哉？

斯菲者，百花之生息也；娟者，万物皆渴慕也；优昙，隐士之所爱者也。吁！菲娟者，世人皆从之。慕优昙，同道者有二三？美人金璇，犹合众矣！

【金影悟语】

感恩生活，感谢生命中的每一位，生活继续，如此美好！

教我如何感谢你

在生命的长河里，你我真是有缘相聚。从春花到夏荷，却是若即若离，一切都还没来得及说，那片妖娆的粉红和那抹养眼的翠绿，流逝成了过去。

猜想，即便是过往，怎能教人遗忘？今夕何夕？今夕七夕，感恩兮！多想，托夏夜的微风，载一船的荷香，携一幕异国他乡的星光说声：谢谢你！谢谢你们从人生的春季到夏季的相伴与鼓励，在这休养生息的日子里，收到满满的关怀和两百多份深情厚礼！谢谢阿姨，年近八十耄耋长者，怕保姆有闪失，凌晨五点亲自料理，野山参当归炖鸡煲汤，大热天让女儿赶公交车送来医院，只为我一口气喝完这一罐心灵鸡汤；谢谢你，千里百里来的南方燕窝、铁皮石斛、北方鹿胎膏礼；谢谢你，专程赶来探望，帮忙办提前出院手续，奔驰专车相送回去；谢谢你，十年未曾联系的情义，下了班后炖了鸽子晚上送来，洗好碗拖好地，撇下夫，半夜归去；谢谢你，野生的灵芝，满满的情义，三口之家，八十里路滋补；谢谢你，音协主席携原市府领导的先生，前来看望，还让您先生躬身帮忙洗碗；谢谢你，女儿同学的爸爸，让奶奶一早做好的暖腾腾乌米饭端放在家门口，还有那一包包新鲜的蔬菜；谢谢你，家乡的特产每周不断，谢谢王姨，上海寄来的两个电炖锅已收到，笑纳……太多的谢谢述说不尽，太多的感激不尽的友谊，真心谢谢，无功利的交往，纯粹的友谊，却是如此这般的担待不起。

再次感恩生活，感谢生命中的每一位，生活继续，生活如此美好！

中英文诗

【金影悟语】

你不是最富有的，但你一定是最最爱我的。

如果　有一天

If one day

如果，有一天你不能来看我了

If one day, you can no longer come and see me,

那么，请允许，让我来看看你吧

Then allow me to come and visit you instead.

如果，有一天，你不再想起我了

If, one day, you no longer remember me,

那么，请允许，让我唤醒回忆吧

Then allow me to refresh your memory.

如果，有一天，你再也搂不动我

If, one day, you can no longer hold me,

那么，请允许，我依偎在你怀里

Then allow me to snuggle in your arms.

如果，有一天，你双手已然颤抖

If, one day, your hands are already trembling,

那么，请允许，我搀扶你的手臂

Then allow me to hold your arms instead.

如果，有一天，你我都暮霭沉沉

If, one day, you and I are both in our twilight,

那么，请允许，我吻你额头的纹

Then allow me to kiss you on your forehead.

如果，有一天，语言和记忆混沌

If, one day, we can no longer talk and remember clearly,

那么，请用我们彼此互爱的眼神

Then please allow the look of love,

内化为——真诚的——永——恒！

To become sincerity and eternity!

【金影悟语】

何必光芒万丈，不如独自芬芳。历经磨难方悟得，无为有处真修养。

致徐志摩先生

To Mr. Xu Zhimo

有一种爱

There is a love

叫作相遇人海

Called encounter in the crowds

有一种离别

There is a separation

叫作莫名伤害

Called hurt out of words

有一种激情

There is one passion

总被无情掩埋

Always buried mercilessly

有一种感慨

There is one sigh

叫作命运安排

Called the destiny doomed

有一种人生

There is a life

叫作百般无奈

Called no way out

既然

Since

你轻轻别离

You leave gently

为何

Why

又悄悄地徘徊

You linger quietly

既然

Since

你遣走了相思

You dispel lovesickness

为何

Why

念想又纷沓复来

Yearnings come in boundless ways

而你

As if you

仿佛对我说

Are telling me that

光阴

The time

许诺了等待

Made Promises for waiting

却无法

Yet not

成全给释怀

Making the best of releases

庚子年九月初四

于杭州徐志摩纪念馆 · 新月大讲堂

【金影悟语】

诗人一定是哲学家，她的诗情饱含哲理和设问；哲学家不一定是诗人。以文字相互欣赏，堪称唯美。

诗 人

The Poet

你总是用自己的方式

You are always in your own ways

进行描写

Carving and sketching

世俗、风物以及人情世故

Secularity, scenery, and worldly affairs

直击痛点与读者粘连一起

Entangling the readers by hitting their pains

你是潜入心底一股清新的风

You are the zephyr diving into our minds

赢得世人共鸣与揣测

Arousing our resonances and surmises

无论是歇斯底里

No matter being hysterical

或和风细雨

Or being mild as little drizzle and breeze

无论是浓情蜜意

No matter being tender towards love

或思绪万里

Or being immersed in fathomless thinking

都叫人深深地难以忘记

You are the one dearly unforgettable

你总是招摇着

You are swaggering

呐喊着抒写着

Crying, and writing

另一个世界的

Where in another world

一千个自己

Thousands of yourselves are

你常常无心或有心地

Often consciously or not

玩味着文字游戏

Playing the word game

时不时地灵魂出窍般

With your soul free from the body

用扣人心弦的字眼

Using gripping words

迸发恒久的赞美

Singing eternal praises that are unvarying

流露无奈的叹息

With a trace of sigh

致良知，唤道德

To conscience and moral

邂逅拥有，轻言逝去

Facing calmly what you own and lose

从来不惜

Never hesitating

迷倒、掳掠众生

To enchant and plunder all beings

2020 年 10 月 8 日

于天鹅堡，美女山

【金影悟语】

战争的卑鄙杀伐，政治的可耻筹码。

该死的战争
The Damned War

我诅咒

Curse it

这该死的战争

The damned war

当子弹飞出的那一刻

When the bullets shoot

硝烟弥漫四起

Every place is filled with gunpowder smoke

所有的无辜苍白冰冷

All innocents, pale and cold

我诅咒这该死的战争

Curse it the damned war

当发动者瞄准的那一刻

Curse it the damned war

所有的鲜活

All living things

都支离分崩死寂惨烈

Would be fragmented into pieces

我诅咒这该死的战争

I curse the dammed war

山河流血、泥土朽烂

Mountains crack rivers bleed and soil rots

我发问统治者

Ask the dictator

为什么

Why

剥夺去自由的

Those who are deprived of liberty

是这世上贫贱的人民

Are the poor people of the world

我发问

O!

苍天上帝和万能的神

The Lord and Almighty Gods

为什么

Why?

挡子弹做炮灰的

Those who take the bullets as cannon fodders

总是单纯苦难的人

Are always people in sufferings?

起来

Arise

不愿做奴隶的人

You who refuse to be bound slaves

起来

Arise

全世界受穷的人

You who are impoverished

除了

Except for

主宰利益的集权者

Those centralizers who dominate interests

谁为你们高歌

Who sing songs for you?

谁来安抚

Who appease

无家可归的魂

Those homeless souls

明明是生而可活

They were born of life

为什么

Why

偏要浴火重生?

Born of fire

同样都是头一遭

They are all the same

初到这个世界

Coming to this world for the first time

初而为人

To be a human

人子人母人父

A child then a parent

为什么

Why

他（她）们

They, the men and women

生有可恋

Live with what they love

却别无选择？！

But with no choices at all?!

【金影悟语】

鱼虾蟹类皆有生命，灵性可爱，心存敬畏，多行善举，犹可感召。

Fish, shrimp and crabs are all sentient creatures with lovely spirit. I find them awe-inspiring, and I call for more compassion and good deeds to make the world better.

小蟹怜
The Lament of a Small Crab

汹涌碧波万千顷

Waves surge and churn, boundless and emerald green,

小蟹我本自由身

I, a small crab, born free and carefree.

其乐无穷家族尊

In my family's honor, joys abound,

逍遥胜得白浪腾

Amidst the frothy waves, true freedom's found.

忽闻海上机鸣声

But one day, machines roared over the sea,

风雨欻至江海沉

A tempest rises, fierce winds and rain beat me.

自是人间捕成谶

Caught in a net, I'm trapped and condemned,

拼尽网劫逃脱成

Caught in a net, I'm trapped and condemned,

险丧小命苟活存

I fought hard to escape, my life almost at an end.

分崩离亲孤零剩

Yet separated from kin, I was alone and bereft,

料得东海未太平

The turmoil on the East Sea was yet to be lifted.

吾辈水族怎安生

How could our water-dwelling clan survive,

沧海皆我泪流满

As we shed tears in the ocean, struggling to thrive?

惊魂未定呜咽哽

Heart still racing, I gasped for breath,

吾族性命奈若何

My fate uncertain,

望眼至亲正扑腾

my clan facing death.

油煎水煮甚残忍

The sight of kin, struggled, killed and cooked,

锅火烹鲜桌上呈

Such cruelty, my stomach turning queasily.

狂浪终有平静时

May someday, the wild sea will calm,

咀吞宗亲劫海债

Our ancestors' traumas,

唇齿留掩吐骨存

swallowed in a solemn psalm.

劝君爱吾同类珍

Remember to cherish your fellow aquatic friends,

劝君勿食同宗亲

Please refrain from consuming my close kin,

海内六亲皆吾爱

As I love all creatures of the ocean.

小蟹更怜鱼虾命

And even more so do I pity the fate of fish and shrimps.

海上万水共潮生

The myriad of waters all lead to the rivers,

千江恩泽终汇海

The bountiful rivers ultimately converge into the seas,

四海一家共命运

All under heaven is one community with shared destiny,

天地人神同乾坤

Heaven, earth, humans and us all belong to the same universe.

友评

妙手烹鲜

金影家厨房是欧式的，烹饪却是中西结合的。和写诗一样，求的是个“雅”字。在这里，除了微火煨炖，就是浮油烹煎，饭店那种旺火爆炒是见不到的。因为一方面太“伤心伤肝”，另一方面又坏了厨事馨雅的情调。有时也不用笨重的锅铲，仅靠一双巧手轻拨玉箸，将食材左右腾挪，火力均受。不消一刻钟，冒着热气，色香温润的佳肴就端到桌上，勾引你早就馋涎欲滴的味蕾。

有时，她在咖啡机上娴熟摆弄一番，一杯甜腻适度、饱含香浓情谊的卡布奇诺就展现眼前。那咖啡与奶的清香瞬间充斥整个房间，令人不自觉拿起金小姐案头的《纳兰词牌》，想要轻轻吟唱一曲，小资情调一把。可只能读，却唱不了，这时金小姐会亲自教你如何吟唱——“明月多情应笑我，笑我如今。辜负春心，独自闲行独自吟。”天籁之音，弥弥我心。

这或许也是她用情至深的写照，虽人负春心，却没有腹诽，亦无怨恨，只自嘲以解忧。若说这是闺怨，也不过学纳兰或李清照，闲来赋诗弄词，聊以自慰。正是，古来“青青子衿，悠悠我心”，今有“香草美人，君子成仁”。

望文可生义，望文可生情，望文还可观性。金影的诗中为何有众多美食诗，因其爱美食、爱厨事，可真正底下所蕴，乃渴望温馨之家也。情字当头，融爱于厨，自然用心做菜，诗文以证，相映成趣也。“金影悟语”中一句，起句漂亮、落笔惊艳，纤手巧弄、洗汰切炒、蒸焖煮烹，菜亦成诗亦成文。恰点了诗厨相应的妙境。

生活犹如诗歌，诗歌犹如烹饪，烹饪犹如爱情。所以《风雨欻至》中说：“一切都是过场 / 你落下的速度 / 我接纳的态度 / 你切片的风度 / 我煽炒的温度 / 一切都是锅铲 / 烩出你的张扬 / 吐露我的芬芳 / 闹腾你的梦想 / 煮沸我的痴狂。”

心底没有污秽，如春之美好，才有了“江南的菜，犹如江南的初春，没有蛇虫百毒出没，没有红五月的艳俗竞繁”(《江南的菜》)；心中念想着爱情的新绿，盼望新芽快快生发，才有了“将去年沉默的青笋浸润 / 化开成当前的 / 那一根根绿嫩绿嫩”（《青笋干炖土鸡》）；正因看透了苦乐即人生，才有了“二芽伴一芯 / 冷热煎压成 / 烫水冲翻滚 / 五斤炼一斤 / 瘦身龙井轻 / 此谓之本真 / 喝得是甘醇 / 品的是人生”(《龙井赋》）。

人生是什么？金影妙喻：人生如烹。“人生如煮，翻滚/人生如炖,恒温/人生如熬,细焖/人生如爆,油余//太淡,撒把咸/略咸,放点甜/勿忘,提点鲜。”

噫吁!金影诗梦真如梦,厨事养胃又养心;秋爱慢炖成饕餮,那年鹊桥献与君。

陈虚炎

2021年6月9日

桃花丛中舞半生，忠于人品任其行

——轻描淡抹俺闺蜜：金影女士

初遇金影时，是她带着2岁的小精灵女儿美美来我园报名咨询。初见时，柔顺的长发飘飘，化着淡妆，精致的五官，高挑的身材，时尚典雅，犹如一枝淡雅的梅花轻盈挺立。

幼儿园里的女人们都爱看她们母女来园，总是羡慕地目送她们离去，那种赏心悦目的感觉激励着大大小小的女人们，然后就有了大小女人们攀比、超越的一些风景。落落大方、聪明伶俐的美美从此成了我园的园花，照耀着、温暖着每个角落。哈哈，因为欢喜美美，我和金影有了共同语言与更多的探讨话题。随着美美离开我园，我与金影在往后的生活中断断续续地联系着，也知道了她的几段错付的桃花。每次桃花谢时，从未见过她恶劣地数落怪罪对方，她总是真实而诚恳地评说每段恋情。这种豁达大度、宽容自省的人生态度让我等女人敬佩。她对每段情缘的真诚认真、高昂无私，也令我等女子望尘莫及。每段情缘哪怕伤得身心疲惫、花泪惊落，在大起大落的曲折离奇经历后，她依然是那个对生活、对爱情不忘初心、通透恬淡、奋勇向前地追求幸福的俏丽佳人。于是乎，我在惊叹仰慕中，牵起她的双手，让我从泥泞中跋涉出自己的人生历程。感恩感谢人生路上有如此豁达、乐观、积极的挚友，是她照亮了我们的人生之路。

在此，祝愿这位灵魂都透着美美气息的时尚典雅脱俗的娇美佳人——金影小姐，在往后的日子里幸福美满、桃花盛放……

陈建萍

东方剑桥幼儿园园长

母亲的玫瑰花园

我永远难忘的，那淡淡的，盛满温柔的玫瑰园，阳光洒在母亲的侧脸。

几年前，母亲在自家的一片荒芜地上种下了许多玫瑰树。每天都能看到她在给它们浇水，松土，施肥……一待就能待一下午。刚开始花开得不多。平日她早上的第一件事就是看看哪一朵抽芽了，哪一朵花开了，哪朵缺水了，哪朵枯萎了。母亲望着花的眼神很柔和，像对待自己女儿一样，轻轻地捧起，检查叶子上有没有虫，再缓缓放下，生怕一不小心就折了。母亲的花园很大，种花很多，很辛苦。

母亲对玫瑰的喜爱由来已久。记得有一次她浇花时和我说，她小时候住在她外祖父家，外祖父也格外喜欢养玫瑰。有一次外祖父在家门口种的白玫瑰被人摘走了一朵，她伤心了好久。

母亲十分爱玫瑰。让我印象最深的一次是一个下雨天，晚上我下了课等待母亲来接我，但等了许久未见人，后来老师便把我送回了家。到家门口时才看到，原来母亲见天下雨了，就呵护花去了，一下子忘了我下课的时间。母亲对玫瑰是真爱呀！

就这样，每日都细心养着花，又是一个花开的季节，阳光照耀在花朵上，被阳光一点一点浸透，花园内弥漫着淡淡的、暖暖的、甜甜的花香。母亲静静坐在阳光中，欣赏着自己的孩子们。各色的玫瑰随风漾着柔波，欲伸手捧起。有的足有婴儿脸盘的大，有的只有银币般，有的粉中带黄，像是那晚霞，有的红得似火，像是那天边的一朵火烧云，还有的洁白胜雪，在阳光下有些许的耀眼。母亲最喜欢的就属那看上去如同大家闺秀的澳玫了，内粉外白，散发着甜蜜蜜的芬芳，甜美不失优雅。它沿着拱门向上生长，一丛丛，一簇簇。还有几颗淡紫的月季，在墙角散发着幽香。

花开花落，云卷云舒，因为有些特殊的原因，母亲不得不离开她注入了汗水、心血和整整三年时光的玫瑰园。提起这事，母亲还会伤心落泪，尽是不舍与遗憾……不知不觉三年的时光也已逝去。

美美

小学六年级优奖作文

醉红颜

说不完虚无缥缈无限事
描不出万缕纯情话中空
怨不得身边百花争春日
看不上檐下莺燕自妒啼

只道是人生有情怨无情
却原来光阴无心却有心
笑痴侬绵绵万种良人意
都付那长长一卷红颜诗

张晶
《中国纺织报》总编辑助理

滋 润

——赠金影

不记得始于何时
她弱柳般的风姿有了成熟的走势
岁月动荡
她在人世的旋涡中畅游
纤巧骨骼缠绕上俗世纷扰、热爱的事物
一颗依旧清朗的心

她滋润的生活显出优渥
限量版的品质
一心一意涵养
日子里的镂刻精细、精妙

时光让美人迟暮的同时
却让她光彩夺目

一个被苍天眷顾的人

一个懂得生活的人

骆蔓

玉声妙天下，女子世无双

1

初看金影，就像看一幅国画。

那里有远山的浪漫遐想，有溪水的清澈亮丽，有月亮的赏心悦目，有林间花鸟的悠然与动态……

再见金影时，她就像一个花园。

姹紫嫣红的外表下，有细腻丰富的内容。有风花雪月的雅致，也有宁静淡泊的温婉；有仪态万千的从容，也有矜持娇羞的美感……

2

随着岁月的推移，我们越来越熟悉彼此。我也越来越发现，她更像是一本书、一本诗集。

她每一天的日子，都是一首诗，越读越有味，越读越有韵。

她生活中的日常，吃饭、穿衣、睡觉，工作、干活、带孩子，都有一种诗意。

她的珠宝鉴赏，她的戏曲审美、她的丰沛情感，更让这种生活升华到一种令人沉迷的境界。

在人群中，她时而温柔，时而爽飒；时而缄默，时而豪迈。就像一首宋词，引人心动，耐人寻味。

而她总体上有一种与生俱来的大气，热情奔放时，就像一团红艳艳的火，让所有人的心，都暖融融的。

她的生活与友情都是如此之美，像有一种永恒的诱惑，散发出光辉。

假设我是一个男人，我想，纵然耗尽一生，也享受不完这种随岁月而增长的，无尽的美与诗意。

3

她的人生就像一座园林，她则像是一位园丁。

她耕耘、播种、浇水、辛勤劳动，让自己和家人的四季，春有桃红，夏有荷香，秋有橘黄，冬有青松，始终色彩纷呈，芳香绵绵。

她在不断地美丽和丰富自己的同时，在发展壮大人生版图的同时，还是一个细心啰唆的小妈妈。

不管外面多么风光靓丽，一回到家，看到女儿小美美，立即就变成一个洗衣工、煮饭婆、唠叨妈。

每当此时，一种博大的爱，就不自觉地洋溢出来，感染一切，让里里外外都铺满温暖和煦的“金影”。

4

她是如此的似画似花、如书如诗，总令爱她的人沉醉。

和金影在一起，我常会因被她的一句话，或一个动作打动，而不由自主地停下手上的一切，笑吟吟地看着她，欣赏着她的一言一行、一颦一笑。

在我眼中，此时的她，就是这世界的一道美丽风景。或者说，她就是上天专门为我发出的一道亮光，照我心扉。

与她共处，常常会有喜悦之情，油然而生。

她的魅力如春风，她的善意如暖阳，令周围的人受益无穷。

5

与她谈心，常有玉在山而木润、玉韫石而山辉之感，会觉得自己高雅了许多。

说她是一块美玉，一点也不为过。

再看她，秀外慧中，外表甘甜而内在沉稳，果真是人生如玉。

而玉的质地，在阅历，在悟性，在精神，当这一切内在外化，就形成了人的气质。

金影的气质如玉，质地坚韧致密，颜色温润淡雅，越经岁月的磨砺而越晶莹亮丽，别具内涵。

曾经轰轰烈烈，所以宁静平和；

曾历无边风霜，所以温润柔美；

曾阅世道人心，所以良善悲悯。

这块美玉，随时看去，都是那样的光可鉴人、精美珍贵，令人喜爱而仰慕，“高山仰止，景行行止”。

6

当一个人诗意性情自然流露、诗意生活自然展现，诗歌就已经在那里了。

金影的诗意是自然而然的，才情是自内向外的，所以她的诗是发自灵魂的，每每读来都令人感怀，并且感慨。

她的诗以现代诗居多。

现代诗不讲究严格的格律、韵脚，因此更加注重语言的张力，注重内在的节奏与韵律，特别是生命自身的律动。

而这些，恰恰是金影的所长，每次读她的诗，我都被它们那饱满的情感与生动的修辞所打动，从而被带进一个别样的境界，心灵瞬间升华。

最后，以一首《金玉妙缘》诗赠予她：

情重清韵独一品，
目眩金影舞彩光。
俯饮江上升明月，
仰聆咏诗过钱塘。
但闻玉声妙天下，
犹赞女子世无双。

天涯明月

女诗人金影印象

其实，我是最没有资格在金影女士这本诗集《遇见西湖·遇见爱》留下文字的人，因为直至我完成并奉呈本文，我也尚未有机会面对面一睹女诗人的玉颜风采。当熟识金影的朋友看到一个陌生人出现在她的诗集中，会生出许多诧异，也就不足为怪了！因此，我有必要首先交代为金影的诗集写此篇短文的原因。

我与金影偶遇在一个网络平台，不仅获悉她有部书名为《遇见西湖·遇见爱》的诗集即将由浙江大学出版社出版，而且被她的《致徐志摩先生》一诗所深深打动。作为林徽因和徐志摩诗歌的忠实热爱者，我利用到四川高校讲学、在英国从事访学研究及进行学术访问的机会，先后两次探访宜宾李庄镇上坝村月亮田，去拜谒过林徽因、梁思成居住及工作过的旧址营造学社；先后两次访问剑桥大学的“三一学院”等多个学院，去感悟徐志摩先生何以如此钟情于康桥的心境。并分别仿徐志摩的《再别康桥》和林徽因的《你是人间四月天》写过题为《仿再别康桥而作》及《你是我的四月天》的诗章。

金影在其诗《致徐志摩先生》这样写道："有一种爱/叫做相遇人海/有一种离别/叫作莫名伤害/有一种激情/总被无情掩埋/有一种感慨/叫做命运安排/有一种人生/叫作百般无奈//既然/你轻轻别离/为何/又悄悄地徘徊/既然/你遣走了相思/为何/念想又纷沓复来//而你/仿佛对我说/光阴/许诺了等待/却无法/成全给释怀。"

此诗仅有一百余字，但却饱含着女诗人对民国时期新月派浪漫主义诗人樜森先生深沉的爱恋和思念。完全可以判断这首诗是一气呵成的，我还敢断言金影在创作这首诗歌的过程中，仿佛她就是林徽因，在对真诚挚爱和热烈追求自己的徐志摩倾诉心声、袒露心扉。我想若女诗人当时没有全身心沉浸在林徽因的角色里，是写不出如此感人动情之境界的。我在第一次探访李庄时曾留下《访林徽因故居李庄月亮田》一诗，诗云："细雨梦回月亮田，微风随意潜小院。物是人非旧时事，敢问谁续四月天？"读到金影的《致徐志摩先生》时，受到感动的我，当时就在想，金影会不会就是那个可以再续"四月天"的女诗人？

之后我主动要求加了她的微信。我们在微信上时而文字时而语音交流诗歌，进而交流人生感悟。我们之间的交流如同在皎洁月色下山涧泉水的流响，那么自然、那么会神、那么透亮，竟然常常忘却了时间……就是在这种彼此互不设防、极其坦真的隔空交流中，我们由诗相识、由诗相知、由诗相敬。交流中金影给我留下了如下难以抹去的“倾听之善”“欣赏之真”“赞人之美”的印象……

印象一：金影的与众不同在于她是有“倾听之善”的诗人。大凡有点才学的人多少有点傲气，甚至盛气凌人。文学界、学术界均不乏此类人物。譬如，本人所在的学科，凡先行安排在学术研讨会上发言者多半讲完后就匆匆离席，仿佛不立即离开会场则不足以显示自己地位之高、工作之忙。所以我们很多学术会议，通常有道特殊的“风景线”，即随着时间的推进，前两排位置上发过言者，能安心留下来听听其他学者发言的越来越少。在日益功利、浮躁的时下，能坐下来安静认真倾听他人说话的人日渐减少。然而关于倾听，唐代诗人陆龟蒙有诗道：明发成浩歌，谁能少倾听。法国启蒙思想家、文学家伏尔泰说：耳朵是通向心灵的路。希腊哲学家德谟克利特甚至批评：只愿说而不愿听，是贪婪的一种形式。和谐的人际交往，其实就是诉说与倾听交融，没有倾听就难以通达和理解对方的心灵。我以为一个人的完美人生，切不可没有知音。但可以互诉衷肠的知音定然是互为知音的，少却了倾听就不会有与人在灵魂上的共鸣，自然也就成不了他人的知音，继而自己也不会被人视为知音。善于倾听其实更是一种修养，由于善的本质是对他人理解后的关爱，而倾听他人言说是通往理解他人的桥梁。由此可以推断倾听亦是善待他人的一种修养。金影乐于并善于倾听他人说话，而且从不打断对方。而当她说话时，倘若对方哪怕发出一点声响，她便会立即停下来用她那特有的吴侬软语道：“您说。”这份认真倾听他人说话的优良品质，是她受到家教渊源影响的性情养成。在网上曾读到过一篇关于金影的题为《浩瀚星辰都不及你璀璨》的文章，从中获悉：由于金影父母决计不让她做乡下人，在她刚出生的第四天就把她托付给苏州外婆寄养，而她的外婆是上海翁姓医生人家的少奶奶……由于怀念少童时代外婆对自己的恩宠和教诲，金影写过一首有元曲般婉约柔美且充满伤感愁绪的《致：我的外婆·倪来宝》，诗中有这样的如泣如诉：晓来雾里凭栏倚，朝时雨，暮时雨。怎敌，愁听怕是伤春曲……那年，那日，那时，那人，教人怎话？怎呜呐？赏春惜春慰花疼，野草闲花逢春生。年年断肠，奈何？尘土葬花魂。

印象二：金影的与众不同在于她是有“欣赏之真”的才女。“欣赏”的英文单词非常美，如 appreciate、admire，在特殊的语境下甚至 like 和 love 都可以译为“欣赏”。

欣赏他人或以欣赏的眼光待人在西方已然成为一种文化。2014—2017 年曾游学于美国的金影，我想她对欣赏一词定有自己的深切体验。是的，与金影对话，你会感到轻松、愉快、舒畅，因为她从不会提出与你对立的观点，更不会驳斥你，她仿佛就是为欣赏他人而生，她欣赏你的语气那么自然、那么纯然，让你完全以心安理得的心态，舒然接受她的欣赏。金影不仅现代诗歌了得、独成风格，其古典文学功力亦底蕴深厚，让你根本想象不到她竟然出道于广播电视播音主持人。当我读到金影完成于 2020 年底 826 字的骈文体《西湖百景盛宴》一文，让我情不自禁地想起初唐四杰王勃的《滕王阁序》和东晋书圣王羲之的《兰亭序》。金影的《西湖百景盛宴》想象丰富、用词考究、文采飞扬，西湖景致信手拈来，笔调清丽大气交相辉映。虽不敢说直逼古人，但绝非一般文学才俊之所能。为证实此言不谬，不妨搬来头尾两段敬请阅者小品：

吾纵览大千名胜，唯西湖冠天下。若能残生居此湖畔，常伴春桃夏荷，秋梧冬梅，湖光山色，日月同辉，人生何憾也？

吾将设西湖盛宴于水云间，并邀古圣群贤孟于聚贤亭，谈古论今，诗文磋技，弦乐丝竹，舞美赏景。令伶人抚琴阮公环碧，爵徒醉酒三潭印月，骚客论诗我心相印，墨者品画西泠印社；春赏“柳暗西湖春欲暮”，夏观“接天莲叶无穷碧”，秋望“梧叶新黄柿叶红”，冬览“珊瑚树碎满盘枝”。真是酒入豪肠，诗吐盛唐……

声声幽幽琅琅，生生不绝不息。然，西湖百景如宴，宴终有毕之时。呜呼，人生匆匆，如驹过隙。纵西子美绝天下，亦不免千年一叹：长桥不长，断桥不断，净寺堪净，灵隐还灵。

她还写过《若兰》等类似骈文的诗文若干，均可誉为佳作。未遇金影之前，我常常为自己的诗文得意，并且不对等地发给她品评。随着我们间的交流日益增多，当我读到越来越多的金影诗文，不得不发出自叹弗如的感叹。性情中人的我把自己汗颜无地的感受坦诉于金影，从今往后我只会做个倾听者，与她平起平坐般地谈诗论赋是不敢了。当我回忆此前何以如此大胆莽撞地把自己成篇成篇的拙诗发给她时，发现并非源于我的虚荣，因为我早已是风轻云淡、名利淡泊的学者，而是被这位韵拈风絮、言出金石但又虚怀若谷之才女的欣赏至真所“骗了”。作为教育研究者，由此我意外获得启发：欣赏他人不仅是一种美德，还是鼓励和提升他人自信和勇气的有效手段。

印象三：金影的与众不同在于她是有“赞人之美”的“美人”。把美人打上引号，意在说明本文所指的美人，不仅具备外在形式的美，而且更强调内在涵养之美。我一直以为赞美人是种美德，如果自己美还会赞美他人，那便是美德之美。这对多数人而言，难矣！1990年底，著名社会学家费孝通先生在“人的研究在中国——个人的经历”主题演讲中，提出了“各美其美，美人之美，美美与共，天下大同”的学术观点。虽然费孝通先生说的是关于多文化相互理解及其包容的问题，但他的这一观点对人际交往过程中如何真诚待人也不乏启迪，其实人际关系就是社会文化不可或缺的组成部分。在网上见过金影的照片，她端是一个气韵优雅具有外在形式美的女诗人，但我更欣赏她在与人沟通交流中不仅善于倾听、乐于欣赏，还能诚于赞美的“美人之美”的修养。她不仅温润如玉，还能让与她相处的人如沐春风，这使她又具有了内在的德美。两者交融，才是美到极致。西汉史学家刘向在散文《说苑·贵德》中写道：“吾不能以春风风人，吾不能以夏雨雨人，吾穷必矣。”这实际与“赞人之美”有着异曲同工之妙。

读过金影的好友、与金影同样是才华横溢的美女诗人为《遇见西湖·遇见爱》诗集写的序，其开篇如下：初看金影，就像看一幅国画。那里有远山的浪漫遐想，有溪水的清澈亮丽，有月亮的赏心悦目，有林间花鸟的悠然与动态……再见金影时，她就像一座花园。姹紫嫣红的外表下，有细腻丰富的内容。有风花雪月的雅致，也有宁静淡泊的温婉；有仪态万千的从容，也有矜持娇羞的美感……这使我想起清代文学家张潮在《幽梦影》关于美人的描述：所谓美人者，以花为貌，以鸟为声，以月为神，以柳为态，以玉为骨，以冰雪为肤，以秋水为姿……读金影好友写的序，可以肯定金影是符合张潮关于美人上述特征的一类女性，当然归于美人。但张潮关于美人还有一条极度苛刻的标准即必须“以诗词为心”，这自然就把很多风姿绰约仅外形美妙的女子挡在了美人圈外，金影的诗歌了得，所以她可以当之无愧地接受美人或美女诗人的赞誉。然而，金影与那些自视清高的美人及美女诗人不同，她还有“倾听之善，欣赏之真，赞人之美”，一个人能集“真、善、美”于一身，这种美人者世上少之又少，所以可谓大美矣！

由于自己爱诗好诗且对诗歌旨在言志、抒情、呐喊、赞美的朴素理解，所以在灵感来临且不吐不快时也写过一些诗，但毕竟从未研究过诗，也没有时间琢磨如何评论他人的诗，所以是写不出诗评、诗品之类的文章的，这就是本文以“女诗人金影印象”为题的原因。原本按我行文的习惯，我是很想以“金影诗人”做一首藏头诗以结束本文的，但一想到班门弄斧的典故，便出了一身冷汗，不得不打消这一愚蠢之念。因为以上只是我个人对诗人金影的印象，就顾不得也不关心他人怎么说了。其实，他人若想说什么也由不得自己了。

逸帆

2021年7月3日

写于杭州翡翠城无名斋

不多不少，正好

当代写诗的人不少
用情感去写的不多
金影是其中的一个

文字碎片化的今天，堆叠文字的人不少
朴实无华，一气呵成的不多
金影是其中的一个

食贯中西，遍尝天下美食的人不少
将美食升华为艺术，蕴含江南灵气的不多
金影是其中的一个

喜欢花草、饲养宠物的人不少
让两者和谐共生的不多
金影是其中的一个

热爱生活，理解音乐的人不少，

用音符装扮生活的不多
金影是其中的一个

精于着装追求潮流的人不少
引领时尚的却不多
金影是其中的一个

做个粉色女人既典雅又精致，理性平和、温情逐梦；既平湖秋月，亦曲院风荷。金影，矜而不争，卓尔不群，群而不党；周而不比，和而不同，泰而不骄。

卢宇光
凤凰卫视驻莫斯科首席记者

“忧愁是女子天性……”

在拜读金影女士诗文集《遇见西湖·遇见爱》校样的过程中，我时时会有一些关于诗歌写作的联想，比如女性与女性写作、诗歌史上的几位女诗人，特别是我想到了台湾岛上那位叫席慕容的女诗人和她的《七里香》。是什么让我想到这些呢？我觉得用金影女士自己的文字表述就够了，那就是她在一个题记中说的：“忧愁是女子天性……”

“忧愁是女子天性”，也许这句话有以偏概全之嫌，不过，金影的诗文的确传达给我不少属于女性特有的那种温柔感伤信息，这种温柔感伤情愫或气质又恰恰跟文学史上不少女诗人作品中的情怀很相像、很切近。并且，这种忧愁又都是基于爱——爱情之爱和亲情之爱生发出来的，这与文学史上那些女性作者就更相近了。

我和金影女士认识不过三四年时间，见面也不多。回想起来，第一次见面是缘于西子湖诗社的活动，地方是在汪庄（西湖国宾馆）湖滨的树荫下，在场的有骆寒超、董培伦先生和几位诗社成员，金影女士给我留下了年轻、漂亮、举止优雅的印象。一段时间以后，我又随诗社成员应约到过西溪路上她的寓所做客，这回在年轻、漂亮、优雅之外，还见识了她居处内外环境的宜人，品尝了她亲手烹制的美食的精妙，让我想到了另一个形容词：聪慧。对一个女子来说，也许没有比“聪慧”更值得拥有的品质了吧？两次聚会给我总的感受可用“愉悦”二字形容——我想，在眼下不缺热闹和纷扰的大环境里，能令人感觉安宁和愉悦的小环境并不很多。

随后就是三年疫情了，我在读到她的《老师，我不愿您老去》一首诗时，恍然意识到第三次见面就是她回桐乡参加她中学时代的师生聚会、朗诵这首诗的时候。恰好那天我也在桐乡同一个酒店参加讨论木心作品的活动，因为要赶回杭州，我提前从酒店离开，不想就在酒店大厅里遇见了金影女士！彼此都很意外，在得知我也要回杭州时，金女士热情地邀我坐她的车一起走……

那是 2020 年 11 月，疫情第一年的下半年。

自那之后，除了听说她应邀到我所工作的单位给播音系学生办讲座，以及不多的微信联系，我们并未再见面。这回读《遇见西湖·遇见爱》，则是因为这部诗文集即将出版，金女士希望听听我的意见。

其实我能做的非常有限，我向来认为，写作是十分私人化的事，写什么和怎么写，如何遣词造句，完全是作者自己的事，他人最好免开尊口。故而除了可能是笔误的地方，我不想提那种未必符合作者意愿的建议。

但我还是对个人印象较深的作品做了标记，比如“新吟”部分的抒情诗《初冬夜雨》《弹罢钢琴》《老师，我不愿您老去》《Sweet Water》《致我的风格先生》《从今天起》《故乡》《爱的重生》《你准备好了吗？》《致远方》《你是怎样的光芒》《相轻社》。金影女士的诗作不少，且旧体诗、白话诗俱有，但相对而言，我个人觉得上述诸作更完整耐读，更能反映出作者的心性和风致。金影女士的诗就是她的心声，写诗的方式则如自言自语、自问自答，“忧愁是女子天性”，说的正是她自己。只是这种“忧愁”并不能从字面上浅解，而应从“诗缘情”这些大的方面理解。在《诗人》中作者也说过：“…用自己的方式 / 进行描写 / 世俗、风物以及人情世故 / 直击痛点与读者粘连一起 / 你是潜入心底一股清新的风……”。读她的上述诗作，会让我感觉到作者内心的柔情蜜意，坦率而又深沉的正直与善良情怀，以及良好的语言修养和控制语言的能力。她的诗虽然整体上是温情脉脉的，但有时也有愤怒与嘲谑，有红颜一怒为苍生的正气！她甚至还不缺乏中国诗人比较稀缺的幽默和轻快，其诗作和散文里都有这样的篇什。

说到金影女士的散文，也许我要说比她的诗更好些，情感和智慧的含量更高些，语言的柔韧度和弹性更高些。我甚至觉得她的散文篇篇都不错，以至于我想劝作者今后不妨更多写些散文。如果你不相信我的话，可读读她写给女儿小美的信和纪录小美的语录，还可以读读《母女对话》《江南的菜》《金小姐与风格先生的对白》《父爱如山》《我的天真征婚启示录》，在我读这些篇目时，是很享受的，有时候是感动，有时候是赞赏，有时候又是会心一笑。

比较起来，或许写散文更放得开，更多一些自由，而诗、尤其是旧体诗约束就多一些，语言和形式方面的要求会更高，写好颇不容易。不过这只是我个人的感觉，故而在此也只是一提罢了，就算是与金影女士共勉吧。

诗评家　子张

2023 年 4 月 20 日落笔，4 月 26 日补充于杭州朝晖楼

如金如影

从北大的未名湖到杭州的西子湖，我遇到了一个如诗如画如水一样清澈的女子，她是金影。一晃很多年过去了。随着岁月的流逝，我们从校友到挚友。彼此都经历了很多，但大家都很努力地生活和工作着……

金影优雅端庄，为人谦逊处事沉稳；人很美，也很爱细节之美：言语柔和之美、美食料理之美、服饰考究之美、家居色彩之美、花草意境之美、艺术鉴赏之美，这缘于她追求品质生活、热爱生活的态度。从这本诗集可以透视出诗人的文化及修养的底蕴，诗文中不失风情千种，字里行间显现铮铮傲骨和诗的风骨，颇有北宋著名女诗人李清照的风范，读其诗，耐人寻味而深受感染。

金影的诗、金影的散文，大气、明媚、多愁、善感……她的情愫全部呈现在这本诗集中。如影、如愿、如你之名，金影，就是一个生于江南、如水一样清澈透明的婉约女子。

如金、如影、如愿、如你！

演员　李宗翰